André Weckmann

durch

EUROPA gewälzt

quer durch Europa gewälzt

TAMIE

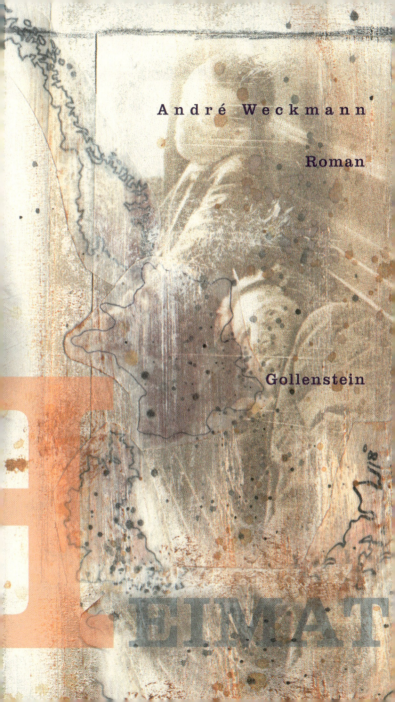

André Weckmann

Roman

Gollenstein

HEIMAT

LITERATUR GRENZENLOS
gefördert durch die
UNION STIFTUNG

TAMIE HEIMAT

André Weckmann

Gollenstein   Roman

Mit einem Nachwort von Günter Scholdt

Die Lichtung

Der altgewordene Mann sitzt auf dem Berg. Da unten das Land, von dem er sagt, es ist seine Heimat. Heimat? Das Land wird ihm fremd. Aber war es ihm jemals etwas anderes gewesen als fremd? Was an Vertrautem noch übrigbleibt, sind die großen Landschaftszüge. Alles andere hat sich gewandelt, wandelt sich immerfort. Und hatte er nicht selber vor Jahren am Wandel mitgewirkt, ihn sozusagen als kultureller Handlanger mitinitiiert? Er sollte also mit dem Gewandelten vertraut sein, sollte sich drin heimisch fühlen. Aber jetzt stellt er fest, daß er all die Jahre neben seiner Heimat hergelebt hat, ohne intimen Bezug zu ihr. Und die letzte Verbindungsmöglichkeit, die sie zueinander hatten, die dialektale, die ist jetzt auch brüchig geworden: es laufen keine Herztöne mehr von ihr zu ihm. Er erinnert sich:
Es war 1943 am Dnjepr. Wir waren versprengt, ein Landsmann aus meinem Nachbardorf und ich. Eigentlich waren wir dem Krieg kopfüber davongelaufen. Wir flüchteten in einen Wald, der den Kriegslärm verschluckte. Wir kamen zu einer Lichtung, da stand ein Dorf. Oh, es war eher eine Ansammlung von einem Halbdutzend Hütten. Es war leer. Es trug keinen Namen, keine Inschrift, nirgendwo, weder auf deutsch

noch auf russisch. Es war auch nicht in der Karte eingezeichnet.
Das Kaff liegt außerhalb der kartographierten Welt, sagte mein Landsmann. Was für ein Stamm hat da gewohnt?
Das Dorf war leer, die Hütten ausgeräumt. Es schien, als hätten die Bewohner sich mit Kind und Kegel, Hund und Katz, Schwein und Kuh, Hausrat und Proviant, einem urplötzlichen Trieb folgend, auf irgendeinen Treck begeben.
Nein, sagte mein Landsmann, der einige Jahre älter war als ich und die Geschichte dieses Landes kannte, nein, das hier ist ein Potemkinsches Dorf, eine Attrappe. Wir sollten nicht hierbleiben.
Wir blieben aber doch, denn in einer Hütte fanden wir im Backofen einen großen Laib Brot und eine Seite Speck im Rauchfang. Wir schürten die Glut im Ofen und legten Scheite nach. Bald brodelte der Samowar. Wir tranken den Tee, und es wurde uns so behaglich wohl. Wir streckten uns auf dem Ofen aus, zündeten eine Papirossa an und schwiegen lange.
Dann sagte mein Landsmann: Fast wie daheim, was?
Ja, lachte ich, so muß es in Mutters Schoß gewesen sein. Hier sollte man bleiben können, die Zeit eines Kriegs. Und die Babuschka käme zurück mit den Mädchen Natascha und Svetlana, und wir würden uns hier endgültig niederlassen, fernab vom Lärm der Welt, würden Wald roden, Kartoffeln legen, Weizen säen und in den langen Winternächten Kinder zeugen. Und die Lichtung hier im unendlichen Wald würde uns Heimat sein.
Heimat? Die andere, die ursprüngliche, die hatten wir

schon längst vergessen. Es blieben von ihr nur dialektale Gesprächsfetzen übrig. Wir versuchten, sie in den Rauchkringeln zu materialisieren, brachten es aber nicht mehr zustande. Wie mein Landsmann sagte: Wir sind halt schon zu lange weg.
Es kam die Nacht. Wir sollten abwechselnd Posten stehen, sagte ich zu meinem Landsmann. Er schüttelte aber den Kopf. Er spüre, meinte er, wie eine Hand über ihnen schwebe, die Hand, die sie beide hierhergeführt habe. Denn das könne doch nicht bloßer Zufall gewesen sein, der sie dieses leere Dorf habe entdecken lassen ...
Jetzt schüttelte ich den Kopf, sagte, sein Wunderglauben in Ehren, aber sicher wäre sicher, und warum sollte der Herrgott grad uns zwei hier ...
Ja, warum grad wir zwei hier ..., sagte er nach einer Weile. Ich hab' aber trotzdem das Gefühl, daß wir hier sicher sind. Ich bin schon länger in dieser Scheiße, weißt du, da entwickelt man sowas wie einen sechsten Sinn, den sicheren Instinkt des Frontschweins!
Wir aßen schweigend Brot und Speck und schliefen schließlich müde ein.
Als wir am anderen Morgen vor die Hütte traten, schien die Sonne. Die Lichtung lag noch friedlicher da als am Abend zuvor, Hasen hoppelten aus dem Wald und setzten sich im Kreis zum Palaver nieder. Wir schauten uns an: Sonderbar, es ist doch nicht Vollmond! Irgendwo sang ein Vogel, es klang seltsam, wie *da fine al capo*.
Mir kommt es vor, sagte mein Landsmann, als hätte die Erde eine abgekehrte, unbekannte Seite wie der Mond, und wir wären dort gelandet.

Dann zog er ein Stück Kreide aus der Tasche und schrieb auf den Querbalken, der die zwei Türpfosten verband: TAMIEH.
Tragen wir den Namen in die Karte ein? fragte ich ihn.
Nein, antwortete er, sonst kommen sie her und brennen das Dorf nieder.
TAMIEH, kam es mir vor, ist sicher das Kodewort für ein in den Tiefen der Seele umherschwimmendes Puzzle aus sich bruchstückweise zusammenfügenden Nostalgieteilchen. TAMIEH: Geborgenheit in urzeitlicher Gebärmutter. Ich weiß noch heute, wie ich damals das Wort empfing, einfing, wie es mich in ungeahnte Weiten der Seelenlandschaft transportierte. Hab' ich an jenem mythischen Tag das so ausgesprochen? Wohl nicht, ich war dazu noch nicht fähig, oder ich muß es auf eine ganz unbeholfene Weise formuliert haben.
Mein Landsmann sagte aber: Das Wort stand über der Pforte des Paradieses. Es ist das Urwort, vom Schöpfer selber geprägt.
Ich schaute ihn verständnislos an. Ich wußte damals noch nicht, daß er Theologie studiert hatte, wir kannten uns nämlich erst seit ein paar Tagen.
Das Konzept Heimat, fuhr er weiter, ist eigentlich sein Spiegelbild, unecht also, von Menschenhand eben ...
Dann lachte er glucksend wie ein kleiner Junge nach einem gelungenen Lausbubenstreich.
Wir blieben drei Tage in TAMIEH, wiegten uns in seltsamer Sicherheit und warteten auf Babuschka und die Mädchen. Dann hatten wir keinen Proviant mehr. Schweren Herzens zogen wir weiter. Oder zog es uns

weiter? Wir hätten ja Schlingen legen können und uns einen Hasen braten.
Ich weiß nicht mehr, wie wir aus dem Wald herausfanden. In einem etwas vorgelagerten Birkenholz nahm uns die Einheit wieder auf. Wir hatten euch schon verloren gegeben, sagte man uns. Wie habt ihr das bloß geschafft? Der ganze Wald wimmelt ja von Iwans. Seltsamerweise fragte man uns nicht, wie es dazu kam, daß wir den Anschluß verloren hatten.
Die Division eroberte den Wald zurück. Es gab schwere Verluste auf beiden Seiten. Mein Landsmann und ich waren als Melder eingeteilt worden, hatten zum Glück also nicht am Kampfgeschehen teilzunehmen. Wir trafen uns zufällig auf der Lichtung, da wo unser TAMIEH gestanden hatte. Die Lichtung war leer, keine Spur mehr von einer Hütte.
Mein Landsmann holte die Karte aus seiner Tasche und flüsterte: Du, da muß es doch gewesen sein, das Dorf! Ich erkenne den Platz wieder: dort steht diese gegabelte Birke ...
TAMIEH ist ein Hirngespinst für verirrte Soldaten, sagte ich, genau wie sein Spiegelbild. Nie mehr werden wir irgendwo ankommen, werden wir irgendwo zu Hause sein.
Man wird alt, man weiß, das Buch ist bald fertiggeschrieben, man blättert und stellt fest, daß bei jedem neuen Kapitel das vorhergehende in Vergessenheit versank. So als wäre ein Fortschreiten nicht ohne abrupten Bruch möglich, von Etappe zu Etappe, als wüchse in jedem Abschnitt eine neue Persönlichkeit aus dem nun Vergangenen.

Wäre es jetzt nicht an der Zeit, denkt er, das Buch zu lesen, bevor die Conclusio verfaßt wird? Und da erscheint ihm plötzlich das Ganze wie von einer fremden Hand geschrieben, und doch fühlt er, weiß er, daß ein roter Faden das ganze Werk durchläuft, und dieser rote Faden, ja, das wäre er, so fremd er sich auch selber vorkommen mag.

Nun das Ende des Fadens aufnehmen. Ihm zurückfolgen durchs Labyrinth. Halt machen an jeder Station, das noch ungefähr vorhandene Gestern zuerst, dann das Vorgestern, das Vorvorgestern?

Nein, er hetzt durch den Irrgarten, bis er zur Garnrolle findet, von der er den Faden damals abgespult hatte, die ganzen Jahrzehnte lang. Und dann als Kind, als Junge aus dem altgewordenen Gerüst steigen und das Erlebte nachvollziehen.

Nachvollziehen? Wie schwer das fällt, fast unmöglich scheint es zu sein, hat sich nicht das Erlebte stellenweise zu einem undurchdringlichen Klumpen verdichtet, dann sich wieder stellenweise zerfasert, ist konsistenzlos geworden, oder hat es sich verflüchtigt, so daß es nur noch schemenhaftes, nebelhaftes Gebilde ist? Hat sich nicht ein Teil des Niedergeschriebenen in unverständliche Hieroglyphen verwandelt, und bieten nicht die anderen, lesbar gebliebenen Teile multiple Interpretationsmöglichkeiten an: welche mag die ursprünglich richtige sein?

Im Faden sind geknotete Stellen. An die muß ich mich halten, sagt er sich. Das sind Datumsknoten, Einschnitte ins Leben markierend. Den ersten befingert er lange, bis er ihn endlich entschlüsselt: das Doppeljahr

1943-1944. Ja, der Dnjepr; TAMIEH und was dann folgte. Besonders was dann folgte.
Was war da alles. Wer war mein Ich. Was war es. Hab' ich noch Beziehungspunkte zu diesem damaligen Ich? Laßt es uns versuchen. Schauen wir uns das Milchgesicht an: er mißt einsachtzig, sein Schädel ist nordisch-baltisch genormt, laut Biologielehrer Pg. Schwarz, der Helm fällt ihm dennoch auf die graublauen Augen, die Wangen sind eingefallen, die Muskeln aber sind zäh wie Leder, und die Sehnen wie Stahl, wie es der Führer gebot – den man hier familiär den Gröfaz (Größter Feldherr aller Zeiten) nennt, das kann man sich ja erlauben, gehört man nicht zu seiner Elitetruppe. Das Milchgesicht also, schau ich nun in sein Herz hinein? Leg' ich die Schichten frei? Die Hand, die das Seziermesser führt, zittert.
Der Nebel im Tal schwemmt verlorengeglaubte, ineinandergewebte Landschaften an, ankert sie am Berg fest. Eine große Gestalt wächst heraus. Sie trägt eine olivgrüne Uniform. Explosionen und Jazz-Synkopen kollidieren um sie herum. Hi! ruft der Soldat dem Milchgesicht zu, das ebenfalls aus dem Nebel taucht.

1 9 4 4

Der Oglala stand neben dem Klavier, wie eine Statue, die Arme verschränkt, die Augen geradeaus gerichtet über die Köpfe hinweg, hat er nur einmal mit den Wimpern gezuckt? Ich nannte ihn Hawkeye, obwohl der dicke schwarze Klavierspieler Fats mir versichert hatte, er hieße ganz banal John Smith.
Und ich? Wer bin ich? Wie steht mir Olivgrün? Captain Marwitz hatte einige Probleme mit der von ihm befreiten einheimischen Bevölkerung gehabt, da kam ihm dieser Überläufer gerade wie gewünscht, der den lokalen Dialekt sprach und zudem Hochdeutsch, Französisch und Schulenglisch. Raus also aus dem Feldgrau mit den Teufelsrunen, rein ins Olivgrün der freien demokratischen Welt! Und wird auch noch besoldet!
Ich hatte damals noch nie einen Western gesehen, wohl aber Karl May verschlungen, der mir auch den Burjaten in dieses ostpolnische Jagdschlößchen delegierte, weicher, er, runder und fettglänzend im Gesicht, er aber auch dort neben dem Klavier stehend, auf dem Peter Kreuder – oder war es Peter Igelhoff oder Werner Bochmann? – mit deutschem Pseudo-Jazz die eingeladenen Stabsoffiziere einlullte; der Burjate im weißen Jackett, ich als Melder meinem gastgebenden Gruppenführer die Nachricht vom Attentat überbrin-

gend, danach wurde der ganze Stab festgesetzt, es war dies am 20. Juli 1944.
Und Fats legte einen fetzigen Tiger-Rag hin, der mich in Trance versetzte. Fats ein paar Wochen später im Sherman verbrannt, wie es hieß. Hawkeye stand dann stundenlang neben dem stummen Klavier, wie damals der Burjate im ostpolnischen Jagdschlößchen nach der Festnahme des Stabs. Hawkeye: Als ich nachts von der Patrouille zurückkam, pudelnaß, es schüttete aus Kübeln, ich mich auszog und das Hemd vor den Ofen hängte, entdeckte er meine verkrustete Achselhöhle. *Ass-Ass?* fragte er. *No. Tomahawk!* antwortete ich. Ich hatte mir die Blutgruppe aus der Haut gesäbelt, war ein gehörig Stück Fleisch mitgegangen. Es wäre schlecht ausgegangen, wenn nicht Captain Marwitz mich einen Kretin geheißen und ins Feldlazarett gejagt hätte, wo *Chief Nurse* Eileen die Wunde desinfizierte und einpuderte.
Tell me 'bout the SS, sagte er. Er sprach das Kürzel, wie auch Hawkeye, Ass-Ass aus. Wie ich zu der SS kam? Als Beutedeutscher zwangseingezogen. Könnte auch sein, daß mein Vater als Ortsbauernführer und einer der zwei, drei einsamen Nazis in der Ortschaft mich hineingezwungen hatte, seines Prestiges bei der Kreisleitung wegen. Könnte auch sein, daß mein Vater Ärger mit der Partei hatte und wegen Widersetzlichkeiten ins KZ hätte kommen können, ich mich dann zu dem Schritt durchrang, der ihn rettete. Könnte auch sein, daß es mich irgendwie reizte. Es gäbe da eine Vielzahl an Beweggründen in diesem Zwitterland, das ich meine Heimat nenne. Ich holte im Lauf all dieser Jahre

abwechselnd mal diese, mal jene hervor, wie es eben kam, sei es aus Opportunismus, sei es aus Hang zum Eklat, sei es aus Jux, und hätte es nicht auch die eine oder die andere sein können? Und jetzt, heute, wo ich versuche, den Knäuel zu entwirren, von Erträumtem, Zurechtgedachtem, scheinbar oder/und wirklich Erlebtem, welches wird die Antwort sein, die ich als druckreif anerkennen kann?

Tell me 'bout the Ass-Ass? Laßt mich doch in Ruhe mit der Ass-Ass. Hab' ich nicht die ganze Division verraten wollen? Der Burjate könnte es bezeugen, er war an jenem Peter-Kreuder-Abend unser Kasino-Hiwi. Ich hatte ihn überreden wollen, mit mir zu den Sowjets hinüberzurobben. Ich kannte die Minengasse, und der vorgelegte Posten war ein Landsmann von mir, der mit uns gegangen wäre. Ich hatte auch als Melder Kenntnis von geheimen Gefechtsplänen, die wir den Sowjets als Einstandsgeschenk mitgebracht hätten. Ich hatte alles einkalkuliert, es wäre wie am Schnürchen gelaufen. Dann passierte etwas, und den Burjaten hat man gehenkt.

Ich mußte dann ein paar Monate später hier das Werk vollenden, kannte ja das Terrain, da wir in meiner Heimat operierten. Hab' mich an die Amis herangeschlichen. *Psst! I'm a French partisan!* Wir überrumpelten die Schar, nur Jupp blieb am Leben.

Jupp? Der war nicht bei der Schar, als es passierte. Wir haben auch nicht nach ihm gesucht. Jupp war seinen eigenen, sichereren Weg gegangen. Und eine Woche später sprang er von einem mit *Prisoners of War* beladenen Lastwagen herab, um mich an der Gurgel zu packen, als ich lässig an der Hauswand lehnte und eine Lucky Strike rauchte. Ein schwarzer Wachmann schlug ihm den Kolben ins Genick.

Wir überrumpelten also die Schar. Wir? War ich denn auch dabei? Das Bild, das vor meinen Augen zuckt, ist es reell oder nach Erzählungen von dabeigewesenen GIs entstanden? Nein, wisch es nicht weg! Wieviel Leichen siehst du da auf dem blutigen Schnee der Waldwiese liegen? Eine tote SS-Schar, das ergibt wieviel Leichen? Zähl sie auf! Schau ihnen ins blutleere Gesicht! Tu nicht so, als hättest du sie vergessen, oder gar nie gekannt, wenn sie dir jetzt auch fremd geworden sind, wie Leichen einem eben fremd werden. Sieh, da liegt Kerner, der so zärtlich sein MG streicheln konnte. Und das ist Ewald, der stetige Muntermacher. Und da erkennst du Braunberg, der immer wieder das Foto seiner sechsköpfigen Kinderschar mit der Mutterkreuzträgerin stolz herumreichte. Und da der Edelnazi Hehnl: Was getan werden muß, muß eben getan werden! Hauptsache ist, man bleibt innerlich anständig und sauber dabei. Hat der Reichsführer-SS gesagt ... Wo liegt denn Krause, Krause mit den Schweinsäuglein? Dreh ihn um und erinnere dich: dieser da war gutmütig, gefräßig und sexbesessen; es mußten wohl bei Kriegsende ein paar Hundert kleine Kräuslein zwischen Don und Dnjestr herumkrabbeln, wenn man sie nicht erdrosselt hatte. Und Scharführer Karl May hält sitzend den Baum umklammert, an den er genagelt wurde, Winnetou hat ihn nicht retten können, ihn, den wir auch Old Surehand nannten, bärenstark, verwegen, wortkarg, mit dem sicheren Gespür eines alten Front-

schweins, heimlich bewunderte ich ihn ... Und dann die anderen. Mit einem jeden Siebzehnundvier gespielt. Mit einem jeden aus derselben Feldflasche getrunken, mit einem jeden durch sieben Höllen marschiert, gerobbt, gesprungen. Und einander auf die Schulter geklopft, wenn's mal wieder vorbei war ... Ihre Namen hab' ich vergessen.
Ihre Namen? schreit eine Stimme in mir. Sie hießen wie du: Mitgerissener, Mitgelaufener, Mittäter und alles ausgeschaltet: Hirn, Herz und Seele, nur noch Tötungsmaschinen! Schweig! schrei ich zurück, ich doch nicht! Du weißt doch, wie das war, verdammt nochmal! Na ja, erwidert die Stimme, na ja.
Shut up! lachte Fats, und ein paar Wochen später ging er über den Jordan. Und wieder eine Woche später fuhr auch der Oglalla seinen reparierten Panzer in die ewigen Jagdgründe. Nach dem Burjaten die Schar, nach der Schar der Neger, nach dem Neger der Oglalla. Mit Hawkeye hätte ich noch gern lange geschwiegen.
Da passierte auch die Sache mit Eileen. Wir liebten uns. Wie es dazu kam, weiß ich nicht mehr. Sie hatte Tanjas Augen. Ich muß es ihr gesagt haben. Am Tag darauf beantragte sie ihre Versetzung. Ich sah sie nicht mehr. Bei Bastogne wurde ihr Jeep von einer Panzergranate zerfetzt.
Dann zog die Front weiter, die Wälder meiner Heimat gingen nun wieder in die Hände der Förster und Waldarbeiter über, man brauchte mich nicht mehr als ortskundigen Scout und Dolmetscher. Ich wollte also Battledress, Leggings und Boots ausziehen, meine MP in den Bach werfen und vergessen. Der Captain aber sag-

te: Ein zweites Mal wird nicht desertiert, Frenchie! Was willst du hier? Dein Dorf zerstört, deine Eltern tot ... Komm mit nach Germany, Pit!
Er hatte recht, ich war heimatlos geworden ... Und ich schuldete es Fats, Hawkeye und Eileen ... Sergeant Easterbrook schlug mir auf die Schulter und sagte: *Come on*, Pit, wir werden uns phantastische Rommé-Schlachten liefern!
Okay, guys, ich komme mit ...

– Pjotr, sagte Gisa, ich nicht mitgehn, zu gefährrlich.
– Gisa, sagte Pjotr, sollte unser Scharführer fallen, was bei diesem verrückten Hund jederzeit möglich ist, und wir bekämen einen anderen, der Karl May nicht gelesen hat, dann wirst du als Untermensch liquidiert, *ponimaisch?*
– Pjotr, sagte Gisa, *ja nitschewo neponimaju.*
– Gisa, sagte Pjotr, der einen russisch Sprechenden brauchte zu seinem Unterfangen, hab doch keine Angst! Ich hab' das schon ausprobiert, nachts durchs Minenfeld. Und vergiß nicht, du kommst mit wichtigen Nachrichten zu den Sowjets, da wirst du wie ein Held empfangen.
– Pjotr, sagte Gisa, Sowjets mich erschießen, als Hiwi!
– Gisa, sagte Pjotr, Quatsch! Sie werden dich nach Ulan-Ude in Urlaub schicken, zu Mütterchen und Väterchen!
– Pjotr, sagte Gisa verstockt, ich nicht gehn.
– Gisa, sagte Pjotr mit drohendem Unterton, es wird

herauskommen, daß du der Kulenka Militärproviant zugesteckt hast. Dann hängen sie dich.
- Pjotr, sagte Gisa, du mirr doch selberr hast gegeben Proviant für die Baba.
- Gisa, sagte Pjotr, das wird dir keiner glauben. Also gehst du mit.
Hat sich dieses Gespräch so zugetragen? Sprach der Burjate überhaupt Deutsch? Oder sprach Pjotr Landserrussisch? Kann man heute noch exakt darüber berichten, was damals auf dem Essenträgerweg, den beide gingen, gesagt oder gedacht wurde? Pjotr hält an dieser Version fest. Wurde sie nicht sieben Monate später der Chief Nurse Eileen gebeichtet, woran sich Pjotr nach den vielen Jahrzehnten seither noch scharf erinnert, als wäre es gestern gewesen? An die Sprache allerdings konnte er sich auch damals nicht mehr erinnern. Glaub mir, Eileen, verraten hätte ich ihn nie. Ich hatte ihn ja selber zu der Sache angeregt. Die Kulenka war halb verhungert mit ihren Kindern, ihr Vieh war geraubt, ihr alter Vater erschlagen worden, ihr Mann irgendwo an der Front, wenn er noch lebte. Und hübsch war sie auch, obwohl sie es zu verbergen suchte, indem sie sich den Schmutz nicht mehr aus dem Gesicht wusch. Mir tat sie leid. Und ihre Augen hatten es mir angetan ... Ich mußte ihr helfen. Dazu wollte ich aber auch diesen gottverdammten Haufen verlassen, in dem ich ungewollt zum Verbrecher wurde, und als Ass-Ass hätten mich die Sowjets aber gepfählt, so mußte ich halt einen Dolmetsch mitnehmen. Dann aber kam unversehens der Diebstahl raus. Die Baba wurde gefoltert, und sie verriet den Burjaten ... Sie hätten auch

mich verraten können, Tanja und der Burjate. Warum haben sie es nicht getan? Ja, ich hab' zugeschaut, als sie ihm die Schlinge ... Konnte ich anders? Was hätt's genutzt, eine Leiche mehr? Ich schwor einen heiligen Eid, daß ich sie rächen werde, Gisa und die Kulenka. Und was mit den beiden Kindern geschah, soll ich dir das erzählen? Ich schäme mich, Eileen.
Warum ich ihr das beichtete? Es ist bei mir so, daß ich im après-l'amour, ausgelaugt nach der süßen Sünde, immer so selbstquälerisch werde, meine Seele freilege, die Schattenseiten rauskehre, den ganzen Müll, Erbarmen heischend, Mitleid heischend, Verzeihen heischend von ihr stellvertretend für mich selber ...
Und ihr Obsidianblick hing über mir, rätselhaft wie von einer allwissenden Göttin, und die Brüste marmorn und steif, die vorher noch so weich hin und her pendelten, und ein schaler kalter Geschmack von Steingrus auf der Zunge ... Ich mußte heftig schlucken; kamen mir Tränen in die Augen? Dann lag sie flach auf mir, plötzlich wieder warmes Fleisch geworden, und ihr Parfüm, Vanille und Militärmantelgummi, umhüllte mich. Sie sog mich wieder in sich. *C'est la guerre,* hauchte sie. *Duschenka moja,* hauchte ich zurück ... Und dann Bastogne. Ich war vor kurzem dort. Die ganze Landschaft um Bastogne ist immer noch von ihrem Parfüm imprägniert. Und es ist doch schon so lange her ...
Fats war seit zwei Tagen nicht mehr am Klavier. Er hockt in der abgedunkelten Stube, wiegt den Kopf hin und her und lallt: *Things don't get no better.* Seine Augen flackern im Kerzenlicht. Hawkeye aber steht immer noch an seinem Platz, als wollte er durch sein

stummes Ausharren den Schwarzen vom Weg zurückzwingen, auf dem er dahinfließt, unaufhaltsam. Ich versuche, einige Takte Glenn Miller zu klimpern, Saint-Louis Blues, der Oglalla schüttelt abweisend den Kopf. In unseren Ohren des Captains Ansprache, gestern: *All officers and men will advance to kill or be killed!*
Dann schickte Marwitz uns beide auf Patrouille. Wir kamen an die Stelle im Wald, wo man die Ass-Ass-Schar verscharrt hatte. Mir schauderte. Hawkeye legte mir seine Hand auf die Schulter. *This goddamned war,* knirschte er. *Proklatnaja wojna!* antwortete ich auf russisch, Scheißkrieg, verdammter. Ich werde mit diesen Grabhügeln nun leben müssen, bis an mein Ende. Denn sie liegen im Herzen meiner Heimat. Heimat? Was ist denn das?
Wie war es doch zugegangen? Wir waren zu weit vorgestoßen, bei der Operation „Nordwind", und hinter die Alliiertenlinie geraten. Wir irrten schon tagelang durch den tief verschneiten, glasig gefrorenen Bergwald, ohne einen Bissen unter die Zähne zu bekommen, da schickte mich der Scharführer mit Jupp weg, um im Dorf, das im Tal liegt, heimlich Proviant zu machen, ich sei doch ortskundig hier. Beim ersten Gehöft sagte ich zu Jupp: Laß mich heimlich hineingehen, mich werden die nicht verraten. Ich ging nicht ins Haus, sondern versteckte mich im Straßengraben. Da kam eine Patrouille vorbei, ich rief sie leise an. Fats holte mich aus dem Graben, riß mir die weiße Tarnjacke vom Leib und trat mich in den Hintern. Man brachte mich zum Captain. Dieser kannte schon die Leidensgeschichte meiner kleinen Heimat. Der Haus-

herr, in dessen Quartier der Captain lag, bestätigte, als ich meinen Namen nannte, daß ich aus der Gegend sei und wie viele andere von hier zwangsweise in die SS eingezogen worden war. Habe ich dann die Kompanie zum Versteck meiner Schar geführt oder nur den Standort auf der Karte eingezeichnet? Hab ich da wirklich eine Erinnerungslücke, oder...? Die Männer wurden eingekreist, sie haben sich gewehrt wie die Teufel und wurden alle niedergemacht, alle bis auf Jupp, der sich auf dem Rückweg verirrt hatte und sich später ergab.
Hab' ich sie gehaßt? Wohl. Monatelang diesen Haß klammheimlich in mir gehegt. Hab ich nicht doch den einen oder den anderen als Kameraden gemocht? Wohl. Wie der Krause und der Kerner mich mal aus einer verteufelt heiklen Lage herausgehauen haben ...
Und dann, sprach Eileen, als wir nebeneinanderlagen, reichte dir der Captain eine Handgranate und befahl: Wirf! Und du zogst ab und warfst.
Sie stand auf. *Go,* sagte sie leise, und es klang fast wie ein Schluchzen, *go ...*
Tell me about the Ass-Ass ... Und ich erzählte ihm von den Greueltaten, die ich hatte miterleben müssen. Nein, das wollte der Captain nicht wissen. Er wollte seine Haßliebe zu dieser Elitetruppe genährt wissen, zu diesen absoluten Profis des Kriegshandwerks. Wie die Bunker und Panzer knackten, die Technik des Nahkampfs, von Stoßtrupps, die tief in die feindlichen Linien eindringen ... Um die Ideologie scherte er sich einen Dreck. Wie mein Scharführer übrigens auch, der sich von ihr gelöst hatte und nur noch als ein erbarmungsloser Perfektionist des Kriegshandwerks funktionierte.

Was beide allerdings voneinander unterschied, war der morbide Romantismus des Deutschen, der nach vollbrachter Tötung am verdeckten Lagerfeuer diese kitschigen Lieder sang, von den Wildgänsen, die durch die Nacht rauschen, von den schwer mit den Schätzen des Orients beladenen Schiffen. Sie, Captain, hatten dafür nur ein spöttisches Lächeln übrig, das mich dann wieder einigermaßen mit Ihnen versöhnte.
Wir saßen auf einem der Grabhügel und starrten in die Nacht, Hawkeye und ich. Der Mond hing unbeteiligt über der Lichtung und zauberte winzige Diamanten aus dem Schnee. Das Wummern der nahen Front kam nur noch gedämpft zu uns und hörte plötzlich auf. Da raschelte es im Gebüsch. Hawkeye jagte einen Feuerstoß hinein. Wir fanden das Reh im Schein der Stablampe. Zum Glück war nur der Kopf zerfetzt. Als wir es ins Quartier brachten, war Fats schon weg.

Tanja Kulenka saß nackt in ihrem Badezuber, als Peter in die Hütte trat. Da merkte er erst, wie hübsch sie war. Sie sah ihn mit entgeisterten Augen an. Er setzte sich auf einen Hocker und lächelte milde. Die zwei Kleinen schliefen zusammengerollt in einer Ecke der Küche.
Er hatte sie am Tag gesehen, wie sie ein schimmliges Stück Kommißbrot aus dem Schlamm klaubte und es rasch in die Manteltasche steckte. Sie starrte vor Schmutz. Er aber sagte: Ich bring' dir Brot, *Chleb*, heut' abend. Sie schüttelte den Kopf und lief weg. Er ging ihr nach und merkte sich die Hütte.

Das Dorf lag in der Etappe. Man hatte es vor Jahren von Juden und Polen gesäubert, nur die Ukrainer hatte man verschont. Bald wird es ein zweites Mal gesäubert werden, sagte sich Peter. Er kurierte hier eine leichte Verletzung aus und war als Melder zwischen den Stäben eingesetzt. Hier traf er auch den Burjaten wieder, den sie vor einiger Zeit gefangengenommen hatten und dem der Scharführer, Karl Mays „Zobeljäger und Kosak" wegen, (in dem ein Burjate namens Gisa verfolgten Deutschen hilfreich beisteht) das Leben geschenkt und als Hiwi seiner Streitmacht zugeordnet hatte. Da dieser aber vor dem Krieg in Ulan-Ude gekellnert hatte, und der Gruppenführer dies erfuhr, brachte man Gisa im Kasino unter.
Wie hieß das Dorf wieder? Pierre kann sich heute nicht mehr entsinnen, auch nicht mehr ans Ortsbild. Andere haben Tagebuch geführt, andere rühmen sich ihres detailgetreuen Langzeitgedächtnisses, bei ihm schwimmen Nebelfetzen durch die Erinnerungslandschaft und verändern sie ständig. Er ist sich sicher, daß dieser Zustand schon damals eine Konstante war: ein Hin- und Herpendeln zwischen Wirklichkeit, Traum und Nachtmahr.
Ich hab' dir das Brot gebracht, sagte er. Er legte es auf den Tisch, stand auf und ging zur Tür. Da trafen sich ihre Blicke; blieben aneinander haften ... Er ging zu ihr. Ich heiße Pjotr und dich nenne ich Tanja, glaubt er gesagt zu haben. Sie liebten sich still. Als es vorüber war, drückte sie seinen Kopf an ihre Brust. Kind, flüsterte sie, Kind. Es war wohl das einzige Wort, das sie auf deutsch kannte. Er kam dann am nächsten Tag wie-

der; als er sie verließ, gab sie ihm zu verstehen, daß es besser sei, er käme nicht wieder. Dabei hatte sie Tränen in den Augen. Er bat dann Gisa, doch zu versuchen, aus Kasinobeständen hie und da mal einige Lebensmittel abzuzweigen. Nach einer Woche wurde er als Essenträger eingeteilt, der Hiwi ebenfalls.
Sie war meine erste Frau, Hawkeye. Und ich hab sie ihnen ausgeliefert, durch meinen Leichtsinn. Und dann ließ ich zu, daß ... Siehst du, so schnell wird man zum Feigling, zum Verbrecher ... Aber ich war noch keine neunzehn und ich wollte leben! Verstehst du?
– Machen Sie sich fertig, Smith! schrie der Captain herüber. In einer Stunde ist Abmarsch. Lange genug hier herumgefaulenzt, roter Krieger!
Hawkeye spie im großen Bogen den Kautabak aus, legte dem Jungen die Hand auf die Schulter und sprach mit rauher Stimme: Und ich bin doch erst fünfundzwanzig ... An der Hausecke drehte er sich noch mal um: Ich werde Fats von dir grüßen, Pit.
Als der Großangriff vorüber war, zogen wir in mein befreites Heimatdorf ein. Es war total zerstört. Die meisten Einwohner waren geflohen. Ein Daheimgebliebener erkannte mich: Pierre! rief er. Als ich auf ihn zuging, verstummte er. Wo sind Vater und Mutter? fragte ich. Er zuckte nur mit den Schultern. Ich ging zum Elternhaus. Es war nur noch ein schwarzer Trümmerhaufen. Ein schaler nasser Brandgeruch stand dick und steif darüber. Ich fing an, mit fiebrigen bloßen Händen zu wühlen. Der Mann hinter mir sagte: Laß, Pierre. Volltreffer ins Haus, vor vierzehn Tagen war's, sie müssen sofort tot gewesen sein. Und vor dem Haus

explodierte ein Tankwagen. Es ist dann alles ausgebrannt ... Hat auch keinen Sinn, daß du auf den Gottesacker gehst. Die Granaten haben gestern alles umgewühlt ... Weißt du, sagte er nach einer Weile, euer letzter Artillerieüberfall war vollkommen sinnlos, ihr hättet das Dorf auch so gekriegt. Die anderen waren total am Ende. Und wir hatten noch einmal ein Dutzend Tote. Allein vier bei Baers ... Ach, wären wir nur von den Franzosen befreit worden, die schonen die Zivilbevölkerung! Na ja ... Tut mir leid, Pierre.
Komm mit uns, sagte der Captain. Was willst du hier nun. Pierre schüttelte den Kopf: Wenn schon, dann mit den Franzosen, die auf unserer rechten Flanke vorrücken, schließlich bin ich Franzose, Captain! Dieser lachte und zeigte auf meinen Oberarm: Ass-Ass! Die würden dich zuerst mal einlochen! Nein, erwiderte ich, die wissen was mit uns passiert ist. Dann aber dachte ich an Fats, Hawkeye, Eileen, Boaz und Dave und alle anderen. Ich blieb also.
Der Vormarsch ging zügig voran, wir überrannten die Grenze. Plötzlich aber blieb unsere Einheit irgendwo im Pfälzerwald stecken. Der Feind hatte sich im unwegsamen Gelände festgebissen. Da sagte Marwitz zu mir: Jetzt zeig mal, was du bei der Ass-Ass gelernt hast, Pit. Wir heben dieses verdammte Nest aus!
Was ist denn dem in die Krone gefahren? fragte ich mich. Normalerweise fordert er beim geringsten Widerstand Artillerie an! Wie pflegte er doch zu sagen: *Where the Krauts use blood, we use ammunition.* Ich wußte aber auch von Hawkeye, daß, wenn sich die Gelegenheit zu einem *commando raid* bot, er sie sich

nicht entgehen ließ. Ein Stoßtrupp sollte die deutsche Linie „anzapfen", ein zweiter, angeführt von Marwitz, würde dann versuchen, sich abseits davon durchzuschleichen, um durch einen Feuerüberfall von hinten Verwirrung zu stiften, die Einheit würde dann mit den Panzern eingreifen. Solche Unternehmen gehörten auch zum Repertoire von Scharführer Karl May. Ich sagte trotzdem Marwitz, daß dies irrsinnig sei, er aber beharrte darauf, den Ass-Ass zu zeigen, was Texas Rangers können. Der Überfall gelang, ich könnte nicht mehr sagen wie. Ich muß mich in einem Zustand der Trance befunden haben. Ich erinnere mich nur noch, wie der Captain lachend brüllte: *An' now, you lousy Krauts, I've got you!* Und zu mir sagte er: Alle Achtung, Pit! Du verstehst was vom Handwerk! Er ahnte nicht, daß ich wie ein Roboter funktioniert hatte, und dann schaute ich mir die Jungs von drüben an, es waren keine SS, sondern Volksgrenadiere und keiner über siebzehn. Mir wurde speiübel. Jetzt laßt mich nach Hause, sagte ich zu Marwitz. Ich hab' die Nase voll.

Der Captain zahlte Pit den Sold aus, und sie schieden wortlos voneinander. Pierre kehrte in sein Heimatdorf zurück, hob das Sparkonto seiner Eltern ab, kaufte sich in der Kreisstadt getragene Zivilklamotten und fuhr in die Provinzhauptstadt. Dort machte er später als Piotr S. eine kleine Karriere beim Theater und als Hobby kultivierte er Erinnerungsfetzen und biographische Umdichtungen. Wie auch heute noch?

Nun seh' ich mich wieder daheim, Pjotr/Piotr, alias Peter, alias Pierre, alias Pit. Ich habe erfahren, sie wei-

hen ein Amerikaner-Denkmal ein. Da mußte ich hin. Kein Mensch kennt mich hier mehr, nach diesen dreißig Jahren, oder scheint mich nicht zu kennen, weder im Tal noch im Heimatdorf. Auf dem Friedhof das Massengrab. Ich lese die Namen von Vater und Mutter. Im Wald sind die Grabhügel verschwunden, man wird Karl May und seine Schar umgebettet haben. Auch Fats und Hawkeye finde ich nirgends. Nur den Tiger-Rag höre ich wieder, jedesmal wenn ein Zug vorbeidonnert.
Ich traf Marwitz im Hotel. Er ist ein alter dicker Colonel im Ruhestand geworden. Sie haben ihn hier zum Ehrenbürger gemacht.
– Colonel, erinnern Sie sich an mich?
Als er meine Stimme vernahm, ging ein Leuchten über sein fettiges Gesicht.
– *Tell me 'bout the Ass-Ass!* brüllte er lachend und haute mir seine Pranke in den Rücken. Waren das Zeiten, in diesem Kaff dort im Tal, wie hieß es schon?
Die herrlichen Wochen hinter der wummernden Front. Pit als Dolmetscher, als Quartiermacher, als Scout. Pit eine kleine einheimische Miliz aufstellend, Brückenwachen einteilend und vergeblich Jagd auf vermeintliche in US-Uniform eingesickerte deutsche Saboteure machend. Dann die Country-Songs in der verrauchten Beize, Fats' Improvisationen, Rommé spielen mit Easterbrook und Boaz – der eine herrlich kitschige *Madonna of the blossoms* an die Wand gepinnt hatte, ich erbte sie, als er wegging – und die nächtelangen Palaver mit Marwitz, und das Turteln mit den Nurses des Feldlazaretts. Ja, der Krieg kann auch schön sein, mit Ration K, Lucky Strike, Bourbon und den Gla-

mour Girls in der Soldatenzeitung *Yank* – glich Eileen nicht der Veronica Lake, *the fascinating blonde?* Bis dann die Panzer repariert waren, und wir einen nach dem anderen verloren. Als erster ging Boaz. Als vorletzter Fats. Als letzter Hawkeye.

Als wir ziemlich duhn waren, lallte Marwitz: Ja, der Nigger, ein weicher Bursche; ja, die Rothaut, ein eiskalter Hund.

– Klischees, Colonel! So waren die nicht!

Dann plötzlich begann er zu weinen:

– Du verdammtes Aas, deinetwegen hat sich Eileen nach Bastogne versetzen lassen!

– Nicht meinetwegen, Colonel. das hatte etwas mit einem Drecknest in Galizien zu tun ...

– Ihr seid doch ein sonderbares Volk, brummte er nach einer Weile. Wir zerstören dieses Dorf unnötigerweise, wie ich nachher erfuhr, wühlen ihre Gräber auf und produzieren noch zusätzlich ein Dutzend Leichen ... Und jetzt kriegen wir dafür ein Denkmal gestellt!

– So ist's, Colonel. Haben die Leute hier aber nicht auch davon profitiert? Die Kriegsschadenkommission hat ganz großzügig entschädigt. Das Dorf war vorher ein ziemlich schäbiges Nest, und wie sieht's jetzt aus: hübsch modern mit einem pittoresken Touch versehen! Die Toten? Die vergißt man mit der Zeit. Wären jetzt vielleicht auch ohne die Einwirkung der US-Artillerie schon längst tot!

– Ein sonderbares Volk, brummte er weiter. Bei den Froggies und den Krauts, da wußte man, wo man dran war, bei euch nicht. Ihr seid weder Fisch noch Fleisch.

– Wir sind halt Zwitter, Colonel, die sich immer wie-

der auf Unechtheit kaprizieren müssen, weil sie keine andere Wahl haben.
Er schüttelte verständnislos den Kopf. Dann war die Flasche Bourbon leer.

NETHERHEADON

Auf dem Berg. Unter mir das Dorf im Tal. Die Spurensuche geht weiter. Ich muß mir den Winter '44 rausreißen, auf '50 überspringen, von dort aus die Zeit dazwischen abspulen, doch der Film ist unscharf, auch mehrmals geflickt und reißt an den Flickstellen, verheddert sich im Laufwerk. Es ist, als ob dieses verdammte Jahr 1944 sich partout nicht abmelden wolle, als ob es mir sagte:
Ich stehe am Anfang und am Ende. Vor mir warst du nicht, nach mir warst du nicht mehr. Nach mir stieg ein anderer aus dir, aber auch diesen hab' ich gezeugt. Mir entweichst du nicht. Und jetzt gib Antwort auf die Frage, die Eileen dir stellte: Was hast du verspürt, als du die zerfetzten Leichen auf der Lichtung liegen sahst?
Was ich verspürt hab'? Es war nicht die erste geballte Ladung, die ich hab' werfen müssen. Werfen müssen? Es waren nicht meine ersten Toten. Die anderen waren Russen, Ukrainer, Usbeken, Sibirier und was weiß ich noch. Nur ein glücklicher Umstand hat mich davor bewahrt, daß nicht noch Amerikaner und Franzosen hinzukamen.
Dieser letzte Akt aber, sagt die Stimme, war glatter Mord, es lag keine kriegstaktische Notwendigkeit vor.

Das frag den Captain. Und vergiß nicht: es geschah aus Rache, du weißt schon wofür.
Ja, weiß schon, weiß schon. Ich hör's aber immer wieder gern, wie du dich von Bericht zu Bericht in deine Rechtfertigung hineinsteigerst.
Das Maß war aber voll, du! Rache mußte sein! Für alle Schandtaten, die ich erleben mußte, sei es als Augenzeuge, sei es als gezwungener Mittäter. Dann für Gisa, Tanja und die Kinder. Die Kinder! Krämer und Jupp zerschmetterten ihre Schädel wie im Rausch. Und Jupp war mir doch bis dato ein verläßlicher Kamerad gewesen. Und gerade ihn hab' ich am Leben gelassen. Doch Schluß jetzt, ich fange nicht mehr damit an.
Na gut, aber der Herr sagt: Mein ist die Rache!
Da hat sich der Herr eben meiner Hand bedient. Gib Ruhe jetzt. Das Kapitel ist abgeschlossen.
Ich flicke den Film zum soundsovielten Male. Schließlich stellen sich Szenenfetzen ein. Die Feineinstellung funktioniert endlich. Ist das Netherheadon Camp, wo ich hin wollte, hin flüchten wollte? Nein. Man erkennt Pjotr in einer Beize. Sie steht mitten in der Altstadt. Die Nacht ist da. Das nahe Münster kegelt dumpfhallende Schläge durch die Gassen. Das Lokal heißt im Volksmund „Zum Elefantenfuß". Es ist die zwielichtige Bar, die ihn jeden Abend aufnimmt. Dem Wandkalender nach schreiben wir das Jahr 1946. Wie jeden Abend versucht er sich zu betrinken. Doch bevor er soweit ist, rebelliert sein Magen. *Fucking!* brüllt er und haut die Faust auf den Tisch. Die elefantenfüßige Barchefin, eine ausgemusterte Puffmutter, streichelt ihm den Kopf und sagt: Eines Tages wirst du es schaffen,

Kleiner! Nur mußt du's anders angehen, du säufst zu hastig, zu gierig.
Am Klavier ein krausköpfiger Neger. Als er sich umdreht, bemerke ich das Ziegenbärtchen. Ich stehe auf, haue ihm die Hand auf die Schulter:
- Fats!
- *No*, sagt er, *Billie Height.*
- Du spielst wie Fats, sag' ich ihm, das waren seine irren Pianoläufe.
- Fats Waller? fragt er geschmeichelt.
- *No, Fats Collins, 256th Armored Batallion, 7th US Army.*
- *Who is he?*
Pit fläzte sich wieder hin und hörte ihm fasziniert zu. Wie damals versetzte ihn der Rag in Trance, er trommelte den Beat auf der Tischplatte, und die ganze Spelunke stieg in den Rhythmus ein. Und Billies rauchige Stimme schrie: *Roll' em, Pit, we gonna jump for joy!*
Als der Schwarze das Lokal verlassen wollte, hielt ihn Pit an: *Sit down and listen.*
Was wußte ich über Fats Collins? Daß er mich in den Hintern getreten hatte, daß er mich Gospel und Jazz lehrte, daß der Krieg sich für ihn irgendwo anders abspielte, auf einem fremden Planeten, auf den er wohl seinen Körper delegiert sah, sein wahres Ich aber blieb davor bewahrt. Ich wußte noch, daß er für den Captain ein Nigger war, typisch Nigger, nur als Stahlsargfahrer und Pianist zu gebrauchen.
Schwarz sein, sagte ich, das wär's. Die Farbe kannst du nicht abwaschen, abkratzen. Diese Identität hat Lebensdauer, *you know?*

Billie lachte rauh auf und brummte den alten Negersong: *Ain't it hard to be a nigger, nigger, nigger ...*
Als Pit damals die 7th US Army verlassen hatte, ging er in die Provinzhauptstadt, die sich eben in die neue Freiheit einlebte. Er trieb sich in den Kneipen herum, erzählte den Soldaten Gruselgeschichten, lebte vom Schwarzhandel und ging den heimkehrenden, aus verschiedenen Gefangenschaften entlassenen, ausgemergelten Landsleuten aus dem Weg. Das hätte er eigentlich nicht tun brauchen, denn die verkrümelten sich, trugen schwer an einer Kollektivscham, oder auch an einer verinnerlichten Wut, von der Geschichte ins falsche Fahrwasser gepeitscht worden zu sein, vom eigenen Vaterland verkauft und von des Teufels Generälen verheizt. Dann ging er doch zu den Auskunftsstellen und suchte nach dem Namen seines Landsmanns, der damals auf Horchposten lag, obwohl er wußte, daß dieser in der Nacht der Gisa-Affäre zum Russen übergelaufen war, bei einem Gegenangriff zwei Tage später fand man seine geschändete Leiche. Man lief aber auch nicht als SS-Soldat zum Iwan über, so mir nix dir nix, ohne Sprachkenntnisse, ohne Dolmetscher! Fürchtete er vielleicht, Gisa würde uns verraten? Aber wer hätte schon einem „gelben Affen" geglaubt, sogar Scharführer Karl May nicht! Und man hatte dem Burjaten sowieso keine Zeit gelassen, irgend jemanden zu verraten. Oder hatte sein Landsmann einen anderen Grund? Ich sollte doch zu seinen Eltern gehen, sagte er sich, waren wir nicht wie Brüder? Ich sollte ihnen sagen, daß er sofort tot war, Kopfschuß.
Er ging nicht hin.

War er nicht schon lange am anderen Ufer angelangt, auf dem Sternenbanner hinübergesegelt, mit General Patchs Absolution versehen? Wie er das Foto herumreichte, den Ami-Helm keck ins Genick geschoben, das Sturmband lässig offen, im Battledress, die Maschinenpistole umgehängt: Gruppenbild mit Fats, Hawkeye, Dave und Boaz; Pit nun ein Gemisch von Dialekt, Französisch und Gullah-Amerikanisch von sich gebend, wenn er Mädchen aufreißt, und sich sagend: Hätt' ich doch nur die Uniform behalten, ich Simpel!
Ja, so war's. Und dann per Zufall ins Theater gerutscht – in eine von importierten Kulturmaxen gegründete Truppe zur Einführung Pariser Flairs in die befreite Provinz – als Statist zuerst, dann zu kleineren Sprechrollen aufgestiegen, die ihm Gelegenheit gaben, sich seines teutonischen Akzents vollends zu entledigen, Boulevard zweiter Klasse, selbstverständlich, neuer Inbegriff aber für Kultur in der sprachlosen, intellektuell leergebrannten Provinz.
Provinz, der Mief um mich herum, alteingesessener dialektaler sich mit hinzugekommenem patriotischfranzösischem vermischend, unausstehlich ...
Patriotisch? Halt, war er nicht auch ein Patriot, damals? Bebte er nicht vor Rührung bei den Defilees, vergoß Tränen, wenn die Nationalhymne erklang? War er nicht ein Hundertfünfzigprozentiger geworden, der auch nicht die leiseste Kritik am wiedererstandenen Vaterland duldete? Spöttelte er nicht über seine ehemaligen Kriegskameraden, die sich nun gegen die infamen Verdächtigungen wehren mußten, eigentlich gerne dabeigewesen zu sein, bei Nazis, und nicht nein zu einigen

Greueltaten gesagt zu haben? Ja, er riß den Mund auf, hatte er doch sein US-Patent. Als er mal so um sich geiferte, schlug ihm die Elefantenfüßige die Hand ins Gesicht: Verschwinde von hier!
Ich saß auf der Bank, draußen in der Nacht. Fats setzte sich zu mir. Hinter mir wird Hawkeye gestanden haben. Aus der Beize klangen Billies Synkopen herüber. Wir schwiegen alle drei, lange. Dann sagte ich zu den beiden: *So what?!* Sie schwiegen weiter. Endlich begann es mir zu dämmern: Du mußt weg von hier. Ein belgischer Tramper gab mir einen Tip: Wende dich an den Allied Circle in London.

Netherheadon Camp: der neue Angelpunkt, hier müßte eine neue Ära für dich beginnen, sagte ich mir. Ein Arbeitscamp für junge Europäer in Yorkshire, ein paar Hundert Entwurzelte: Ukrainer, Polen, Franzosen, Belgier, Deutsche, Finnen. Jeden Morgen das Gedränge bei der Arbeitseinteilung, dann und wann eine kurze Schlägerei. Pierre ist mal der Kartoffelernte, mal dem Kartoffelmietenbau zugeteilt. Da kennt er sich aus, beim Erdaushub, haben wir zu Hause auch so gemacht, dann beim RAD Dränage anlegen, dann an der Front Schützengräben ausheben. Rote, naßkalte Erde, klebt an der Schaufel. Drüber ein verrückter Himmel mit jagenden Wolkenpulks, überfallartigen Böen und tanzender Sonne.
Zu Hause war der Boden schwarzgrau und der Himmel bieder konstant, sei es als graue oder als fahlblaue

Decke. Und die Wolken strichen bedächtig dahin. Zu Hause, wie war das damals, vorher, lange vorher ...
Die Eltern waren Zugezogene, sprachen eine andere Dialektvariante, was sie in den Augen der Einheimischen nicht gerade disqualifizierte, wohl aber als Nichtganz-Dazugehörige abstempelte. Auch wohnten sie etwas abseits vom Dorf. Den Kleinen nannten sie Pierrele. Bis zu seiner Einschulung trug er langes, gelocktes Haar, wie ein Mädchen. Er war auch empfindsam und weich, mädchenhaft also. In der Schule wurde er ständig gehänselt. Die Kameraden lauerten ihm auf, unter der Kastanienallee, und trieben allerhand Schabernack mit ihm. Er fügte sich duldsam darein, hoffend, daß sie eines Tages davon müde sein werden und ihn in Ruhe lassen. Nachts im Bett kultivierte er seine süße Rache, denn er wußte, eines Tages würde er zuschlagen. Nach einiger Zeit ließ man ihn auch in Ruhe, er blieb aber ein Ausgeschlossener, hatte er doch die Dorfschule verlassen und radelte jeden Tag ins Städtchen, wo er das Gymnasium besuchte. Da forderte ihn eines Tages der Bandenhäuptling auf, in eine abgelegene Scheune mitzukommen zu einem neuen Spiel, wie er es nannte. Er ging mit, war es aus Angst, aus Neugier, oder aus Stolz, jetzt endlich dazuzugehören?
Ein halbes Dutzend Vierzehnjährige befanden sich dort ... und das Mädchen Nonore, von dem man sagte, daß sie Feuer im Hintern hatte. Sie lag hingestreckt im Heu und kicherte dümmlich. Zieh sie aus! befahl der Häuptling dem Pierrele. Dieser rannte schreiend hinaus. Sie fingen ihn ein, rissen ihm die Hose runter,

streckten ihn auf das Mädchen aus, das weiterhin kicherte und gluckste, hielten ihn fest, und der Häuptling befahl dem Mädchen: Schnapp doch sein Ding und steck's dir rein!
Ich erinnere mich an nichts weiter mehr. Ich weiß nur, daß mein Körper etwas tat, das ich nicht verhindern konnte ... nicht mehr verhindern wollte. Ich hörte sie dann noch grölend davonrennen, die Nonore hatte sich unter mir weggezogen. Sie kicherte immer noch.
In der Nacht brannte die Scheune ab. Sie hatte dem Vater des Häuptlings gehört. Da sie ziemlich baufällig war, vermuteten die Leute Versicherungsbetrug.
Von jetzt ab gingen ihm die anderen Jungen scheu aus dem Weg.
Hab' ich's gebeichtet? Ich saß oft in der Kirche, allein, und heulte. Der Pfarrer sah in mir schon einen angehenden Mystiker. Der Herr möge keine weinenden Heiligen, sagte er mir einmal, als er mich mit geröteten Augen vor dem Muttergottesaltar überraschte. Als ich dann die Feierliche Kommunion machen sollte, erwischte ich die Diphtherie. Ich dankte Gott dafür. Nach einem Jahr aber hatte ich das alles total verdrängt. Wie sagen doch die Erwachsenen: Es ist verjährt.
Netherheadon Camp. Tagsüber die Plackerei mit den Kartoffeln, der Acker reichte bis zum Horizont, wie mir schien; abends die übliche Keilerei zwischen Ukrainern und Polen. Dann rollt der Angriff der vereinten Slawenmacht gegen die Westeuropäer an. Die deutsch-französisch-belgische Minderheit hält aber verbissen stand, bis die Finnen eingreifen, mal zugunsten der Ostler, mal zugunsten der Westler, je nach Laune und

Betrunkenheitsgrad. Und Cheryl schaut zu, die Kantinenwirtin, die einzige Frau im Lager, von der wir schweißig träumen. Sie gibt wohl an, eine Vorliebe für Franzosen zu haben, greift sich aber jedesmal den hünenhaften Igor aus dem Pulk heraus.
Na na, sagt Jens unter der Dusche und zeigt auf die Narbe an meiner Achsel. Bombensplitter, sag' ich. Wo ich denn mein gutes Deutsch her habe? Schule, sag' ich, war immer der Primus. Ich solle doch kein Schmonzes erzählen, er wisse Bescheid. Volks- oder Beutedeutscher oder so, nicht? Er habe es von den Franzosen. Ich springe ihm an die Gurgel: Ihr verdammten Hunde, alle wie ihr seid, die einen wie die anderen!
Setz dich hin und quatsch dich aus, sagte Jens zu Peter. Und Peter gab ihm seine Wahrheit in Stichwörtern preis, sozusagen im Zeitraffer.
Ach so war es, sagte Jens dann. Ich war bei den Edelweißpiraten in Berlin, weißt du, HJ-Streifen nachts überfallen, Munition klauen und so. Dann untergetaucht, in quasi letzter Minute noch aus Berlin rausgekommen. Keine Familie mehr, die einen gefallen, die anderen unter ihren Häusern begraben. Auch kein Vaterland mehr. Frei, absolut frei. Ich bin es nirgendwo, meinte Peter. Glaubte mich hier in Sicherheit, nun hat mich die Vergangenheit wieder eingeholt.
Cheryl lächelte ihn an: *Come on, Froggy*. Es ekelte ihm vor ihr. Wenn sie lachte, klang es wie bei Nonore. Auch von hier muß ich weg, sagte er sich.
Komm mit mir, sagte Jens, wir trampen durch die Welt.

Vater und Mutter: Als die Nazis kamen, war er plötzlich nicht mehr ihr Pierrele, sie riefen ihn jetzt Peterle. Er überhörte es einfach, bis sie wieder zum Pierrele zurückfanden. Es war aber zu spät, Pierrele gehörte ihnen nicht mehr, er gehörte nur noch sich allein. Er schwänzte oft die Schule, drückte sich vorm HJ-Dienst, verbrachte viele Stunden in der Kombüse eines alten verschrobenen suspendierten Lehrers, bei dem er französische Dramatiker verschlang und Englisch lernte. Dies dauerte zwei Jahre, dann wurde der Alte verhaftet. Peter verdächtigte seinen Vater, den Alten angezeigt zu haben. Und kurz darauf wurde er von seinem Bannführer vor die Wahl gestellt, sich freiwillig zur SS zu melden ... oder den Weg des Alten zu gehen. Er meldete sich zur Wehrmacht und landete nach drei Monaten RAD schließlich doch bei der Waffen-SS. Eine konfuse Sache. Was war und was war nicht. Er müßte mal den Bannführer darüber befragen. Der lebt noch, ist eine angesehene Persönlichkeit im Kreis.
Der alte Lehrer ist ein paar Monate nach seiner Einlieferung ins KZ gestorben. Lungenembolie, hieß es. Nein, mein Vater war es nicht, der ihn verraten hatte. Ich schwör's auf alles, was mir heilig ist, sagte er zu Mutter und mir, als ich ihn zur Rede stellte. Obwohl mein Vater ein nettes Häusle und ein paar Hektar Boden besaß, war er als Zugewanderter der letzte Dreck für die im Dorf. Er hatte wohl naiverweise gehofft, daß die Neue Zeit auch für ihn eine Änderung seines Standards mit sich bringen würde, doch die neuen Befehlshaber benutzten ihn nur als Anhängsel im letzten Glied. Da sei ihm endlich ein Licht aufgegan-

gen, beichtete er mir beim ersten und letzten Urlaub. Junge, sagte er noch, wenn du eine günstige Gelegenheit findest, hau ab! Abhauen? In dieser Uniform? O mein naiver Vater!

Die Franzosen und die Wallonen zogen aus dem Camp ab. Auf dem Bahnsteig sangen sie auf französisch das Lied vom braven gehörnten Stationsvorsteher: *Il est cocu, le chef de gare ...* Dieser klatschte begeistert auf englisch den Takt dazu. Die Deutschen verschwanden tropfenweise.

Jens: Na, kommst du mit?

Pierre schüttelte den Kopf: Nein, es ist noch zu früh. Ich kann noch nicht mit euch Deutschen.

Er war nun einigermaßen zufrieden: Deutsch und Französisch waren aus seinem Umfeld verschwunden. Von den Ukrainern und Polen hielt er sich weiterhin fern; ihre Lutsch- und Zischlaute waren das letzte, was ihn an die Vergangenheit erinnerte. Er hielt sich nun bei den Finnen auf, mit denen er sich auf Englisch verständigte.

Antti Wiio sah ihn immer lange und freundlich an. Auch Pit verspürte eine eigenartige Zuneigung zum jungen Finnen in sich aufkommen.

– Ich such' mir eine Heimat, sagte er eines Tages zu Antti Wiio.

– Machen wir uns halt auf die Suche, erwiderte dieser.

Wir verließen das Camp und trampten gegen Norden. Ich fragte mich, warum gegen Norden? Warum nicht weiter nach Westen? Dorthin ist Anttis Freund, der Karelier Osmo Heiskari gezogen. Kanada, hatte dieser gesagt, Kanada, die großen Wälder wie bei uns zu Hau-

se, aber keine Russen in der Nähe. Warum bin ich nicht Osmo Heiskari gefolgt? Er war stämmig und heiter, ein verläßlicher Bursche. Aber da war Antti. Seine geschmeidige Gestalt, seine weichen, melancholischen, leicht mongolischen Gesichtszüge.
Nach Schottland, hatte er gesagt, dann die Hebriden, dann die Färöer. Sonderbar, wie uns dieser unwirtliche Norden anzog, als wollten wir unsere Weichheit an dieser kalten Härte messen.
Es war ein schweigsames Paar, ein sonderbares Paar: Pit stoppte immer wieder kühl Anttis körperliche Annäherungsversuche ab, Antti jene Pits.
Die Böen fegten über die Highlands, die kahlen, rundgehobelten Berge hockten um die *very valley of the shadow of death,* und kickten sich die Wolkenballen zu. Dann fügten sich die Ballen zu einer geschlossenen blauschwarzen Decke zusammen, die sich an die steilen Felswände krallte. Wir schlugen das Zelt im abgestandenen Heidekraut auf und schlüpften in die Schlafsäcke. Es war das erste Mal, daß wir im Zelt schliefen, bisher hatten wir immer in einem YMCA übernachtet. Ich weiß noch, wie gegen Morgen Antti den Reißverschluß meines Schlafsacks öffnete. Ich weiß noch, wie ich zum *jack knife* griff, das Hawkeye mir geschenkt hatte. Antti lachte auf, nahm mir das Klappmesser aus der Hand, schleuderte es in eine Ecke, zog sich aufreizend langsam an, kroch aus dem Zelt und sprach: Wenn du mal nicht mehr weißt wohin, dann komm nach Ivalo. Wirst mich schon finden.
Hab' ich versucht, ihn aufzuhalten, als er davonging? Pierre blieb bis Mittag im Zelt liegen, ein unangeneh-

mes Gefühl in Herz und Magen. Er warf das Klappmesser hinaus, kroch dann im nassen Heidekraut herum, bis er es wiederfand. Als endlich ein jäher Sonnenstrahl die Grampians entzündete, baute er das Zelt ab und stieg durch die düstere Glen-Coe-Schlucht nach Ballachulish am Loch Linnhe hinunter. Dort schlug er sich bis Januar mit Gelegenheitsarbeiten durch.

Das Südstaaten-Amerikanisch hatte ich mir abgewöhnt, ich sprach nun Englisch mit schottischem Akzent und sang gälische Lieder in den Pubs mit den Fischern, *Mo nighean donn, bhòidheach (My brown haired maiden)*. Ich war dort endlich wunschlos glücklich. Nein, streichen wir das Adjektiv glücklich, ich war einfach wunschlos.

Auf dem Berg überm Dorf im Tal. Der Graukopf wandelt ruhelos zwischen den Buchen und Birken hin und her. Mit dem Klappmesser schabt er Birkenrinde ab, gedankenverloren, ritzt kabbalistische Zeichen hinein. Dann setzt er sich auf einen Grenzstein und schließt die Augen.

Vor ihm der junge Mann im Duffelcoat, den er einem Matrosen in Newcastle abgekauft hatte, das volle Haar vom schottischen Wind zerzaust, im rötlichen Achttagebart hängen Regentropfen. Wie lange hast du den Bart getragen? fragt ihn der Alte. Nur bis Edinburg, antwortet der junge Mann. Ach ja, sagt der Alte, dort hast du ja Ursula kennengelernt. Hat nichts gegeben, mit Ursula, erinnere dich, spricht der junge Mann. Ach ja, stimmt. Doch davon später. Führ mich nach Ivalo, Junge. Da hattest du deinen Bart wieder. Sahst wie ein Seebär aus.

Der Graukopf streicht sich über seinen eigenen Dreitagebart und lacht. Was soll das, sagt er sich dann, alter Knabe!
Doch jetzt, wie kam ich nur nach Ivalo?

INARI

Bei Lakselv fuhr er die Böschung hinunter, ließ sein Rad fallen und stürzte sich ins Wasser des Porsangerfjord. Das wirkte lindernd auf seine geschundene Haut an Gesicht und Händen. Dann zog er sich aus, die Sonne war warm, er holte den Spirituskocher und das Kochgeschirr aus der Satteltasche, schöpfte Wasser aus einem nahen in den Fjord einmündenden Bach, zündete den Spiritus an und tat einen Suppenwürfel ins Geschirr. Hier wehte eine sanfte Brise, die die Mücken von ihm fernhielt. Am Ufer zog eine Rentierherde einher.
Ein Kanu legte an, ein älterer Lappe und eine junge Frau stiegen aus. Er grüßte sie mit der Hand und band sich das nasse Hemd um die Hüften. Sie kamen zu ihm, setzten sich hin. Woher er komme. Aus Suomi. Ob er Finne sei. Nein, Fransman; was man denn gegen die Moskitos tun könne? Sie lachten. Sie sprachen ein Gemisch von Finnisch und Norwegisch, er von Finnisch und Englisch. Die Gebärdensprache überbrückte die Verständnislücken. Er holte eine Flasche Aquavit hervor, man trank sich in langen Zügen immer wieder zu. Sie boten ihm an, in ihrer Kota zu übernachten. Er aber zog sein Zelt vor, das er hier aufzuschlagen gedachte. Er befürchtete, sich dem Ritus der

lappländischen Gastfreundschaft unterwerfen zu müssen, es war ihm nicht drum, obwohl die Samin appetitlich dreinsah. Die beiden zuckten mit den Schultern und gingen lachend und leicht schwankend weg.
Der lange Weg durch die Tundra hinter ihm. Die unendlich gerade, staubige, mückenverseuchte Piste; die monotone, baumlose, leicht gewellte Landschaft. Alle paar Stunden ein Auto, Kühler oder Dach mit Rentierhörnern bewehrt. Schweden, Franzosen, Schweizer, Briten. Anhalten, begrüßen, Austausch von Informationen: Wo gibts Lappen? Die Mitternachtssonne schon gesehen? Wo ist der nächste Konsumladen, die nächste Benzinstation? So wenige es waren, er fühlte sich dennoch belästigt, fühlte diese blecherne Zivilisation hier fehl am Platz. Wollte auch ganz allein sein in dieser Wüste. Fühlte, wie sie ihn läuterte. Wovon?
Vor der Tundra war es die Taiga gewesen, von Inari bis Karasjok. In den Wäldern standen noch die Lastwagen des deutschen Rückzugs herum, verrostet zwar, aber sonst unangetastet. Er hatte in einem von ihnen geschlafen. Es war ihm gewesen, als hafte der typische Landsergeruch von Zellstoff, Stiefelleder und Eckstein-Zigaretten noch an den Kabinenwänden. Hier irgendwo ist mein Kamerad Gabriel gefallen, sagte er sich. Er hatte die klaren, ebenmäßigen Züge des Erzengels auf dem Kirchenfenster zu Hause. Als er am anderen Morgen ausstieg, stolperte er über einen verrosteten Stahlhelm, der einen Einschuß auf der Stirnseite hatte. Dann krachte etwas unter seinem Fuß: es war ein morsches, von Moos überwuchertes Holzkreuz. Ein Schauer lief

seinen Rücken hinab. Er stand eine Weile bewegungsunfähig. Da zog langsam ein riesiger Elch vorbei.
Gabriel, mein Kamerad? Zieh, sagte er jedesmal mit schneidender Stimme, wenn ich Annäherungsversuche an die Bande machte, zieh Leine! Nein, bei der Nonore-Affäre war er nicht dabei. Ich erfuhr nachher, daß er den Bandenhäuptling deswegen grün und blau schlug, ihn entmachtete und den Oberbefehl selbst übernahm. Aber Freunde wurden wir dennoch nicht. Auch nicht, als wir so langsam erwachsen wurden, und die Nazis ins Land kamen. Hör, Gaby, was kann ich dafür, daß mein Alter ... Hör, Gaby, heut' nacht häng' ich die französische Fahne ans Gefallenendenkmal, wetten? Er lachte. Am anderen Morgen hing sie. Die Gendarmen holten Gabriel nach dem Hochamt als Hauptverdächtigen ab. Ich wollte eingreifen. Zieh Leine! schrie er. Vor der Musterungskommission seines Jahrgangs verweigerte er mit den meisten seiner Kameraden die Unterschrift. Sie kamen ins Sicherungslager, wurden dort drei Monate lang „zu Kleinholz verarbeitet", anschließend ohne Urlaub eingezogen. Strafbataillon, Rußland, Finnland, Ende.
Lakselv am Meer. Er schlief sofort ein, so erschöpft war er. Die Mitternachtssonne war ihm schnuppe. Hier würde er sie sehen können, hatte die Samin gesagt: *midnattssolen*. Als er aufwachte, war er noch hundemüde. Er war in seinem Alptraum Osmo Heiskari nachgelaufen, immer wieder über Wurzeln gestolpert, in Moore eingesunken, wurde von Elchen gefoppt, und Osmos grinsendes Gesicht baumelte vor ihm her wie ein besoffener Mond. Nun hatte er ganz zerschlagene Knochen.

Wär' ich doch mit den beiden Samen gegangen, warf er sich vor ...
Im Januar hatte er Ballachulish verlassen und war nach Edinburg getrampt. Was nun jetzt? Nach Hause? Er ging zur Post und telefonierte mit dem Gemeindesekretär seines Heimatorts. Ja, die Sache mit dem Kriegsschaden sei geregelt, sagte ihm dieser. Ob er seine ganze Gerechtsame verkaufen wolle? Die Gemeinde wäre interessiert. O ja, weg damit! Da kommt mit der Schadensvergütung ein schöner Batzen Geld zusammen. Einschreibebrief an den befreundeten Notar, den er im Elefantenfuß kennengelernt hatte: Schlag heraus, was Du kannst. Ich gebe Dir Vollmacht. Bitte um Vorschuß, in Form von Travellerschecks ...
Und jetzt? Jetzt lassen wir uns in Edinburg, *Auld Reekie*, nieder. Am Tag durch die Gassen streunen, auf Arthur's Seat hocken, Wolkenschiffe entern und gegen die Böen ansingen. Abends in Sandy's Bells: bei *stout and scotch* mit Pat, Ursula, Susan und Anthony *auld alliance* zwischen France und Scotland zelebrieren, mit Ursula, burschikos, sommersprossig und stupsnasig Jitterbug tanzen, sie dann durch Prince's Street Gardens nach Hause begleiten, sie Pat ausspannen, sie ihm dann wieder einspannen. Auch mit Susan techtelmechteln, Susan pokert ihm aber zu hoch, so daß Anthony das Spiel macht, *Frenchie is out,* Frenchie macht's nichts aus, hat er sich doch eine Handvoll Jahre aus dem Lebenslauf 'rausgeschnitten, sie zerkrümelt und an die Seagulls verfüttert: auch im Nordwesttief läßt es sich also leben! Dann wollten die Travellerschecks aber nicht kommen. Die Sache ziehe sich in die Länge,

schrieb sein Notar, er müsse sich gedulden. Dann schick mir was nach Ivalo, Finnland/Suomi, gab er Order. Es hatte ihn plötzlich wieder gepackt. *I'll be back some day, Ursula, Susan, some day. Cheerio,* jetzt fahr' ich zur See.

Auf einem Frachter dann der Frenchie Verrichter aller Dreckarbeiten, vom Sturm fast über Bord gefegt, hundsseekrank, Arschtritte en masse, denn die Mannschaft ist ein zusammengewürfelter slawisch-nordischer Haufen, der Captain zum Glück ein Schotte: *Auld alliance, Frenchie!* In Oslo den Frachter gewechselt, war nun kein Lehrling mehr, trotzdem alle Dreckarbeit aber keine Arschtritte mehr. Stieg in Stockholm von Bord, sah sich Stockholm kaum an, hüpfte in einer Unzahl von *lifts* der Küste entlang: Umeå, Skellefteå, Luleå, Haparanda. Kaufte sich einen finnischen Sprachführer in Tornio, hüpfte weiter bis Rovaniemi, kaufte sich Filzstiefel und Parka – denn es lag Schnee, auch war die Nacht mit jeder Etappe zusehends länger geworden, vom Tage waren hier oben nur noch kümmerliche Reste übriggeblieben – und gelangte schließlich in einem klapperigen Geländewagen aus Militärbeständen nach Ivalo. Post war da, aber kein Scheck: Schecks verschicken zu riskant, Überweisung unmöglich wegen Devisengesetz, meldete der Notar. Ach was, sagte er sich, hab' ich mich bis jetzt durchgeschlagen, wird's auch weiterhin so klappen.

Stand dann in der Werkstatt des Antti Wiio, ausgemergelt, bärtig, halb verwildert. Antti erkannte ihn nicht sofort. Dann fielen sie sich in die Arme. Warum er gekommen sei? So, aus Wunderfitz. Ob er das

Klappmesser noch habe? Schallendes Lachen der beiden. Da stand plötzlich ein Mädchen zwischen den Booten, paus- und rotbackig, blitzende Zähne, volle Lippen, sportliche Gestalt. Carla, meine Braut, sagte Antti.
Was soll ich nun in Ivalo. Antti sitzt in der Werkstatt von Carlas Vater fest. So geht das, einmal ist Schluß mit dem Abenteuer, sagt er. Dann verkauft und repariert man Bootsmotoren; am Wochenende Schilanglauf mit Carla, im Sommer mit dem Boot über den See, fischen. Das schöne, ruhige, gemütliche Leben. Also, was willst du hier? Du kannst ja bleiben, Arbeit gibt's, das ließe sich arrangieren für eine gewisse Zeit, wirst dann auch Finnisch lernen dabei. Gönn dir doch ein paar Wochen Finnland, kannst ja bei uns im Haus schlafen. Aber ob es dir nicht zu langweilig wird? Die langen Nächte. Die Kälte. Im Sommer wär's halt besser gewesen. Ah, da fällt mir ein: Osmo Heiskari, der Karelier, ist wieder im Land. Kanada war nichts für ihn. Bekam schnell Heimweh. Du findest ihn in Inari. Was er tut? Weiß nicht recht. Arbeitet irgendwo im Holz, oder er wildert, eisangelt und so. Hatte er nicht Geologie studiert? frag' ich. Ja, sagt Antti, und Forstwirtschaft. Alles angefangen und dann wieder an den Nagel gehängt. So ist er halt. Unbekümmert. Und sich ja nicht einordnen. So einer wie du! Am besten ist, du fragst nach Mauri, das ist ein alter Sonderling, der in einer einsamen Blockhütte am See haust. Der weiß, wo Osmo zu finden ist.
Mauri empfing mich vor seiner Hütte mit angelegter Schrotflinte. Er glich einem riesigen, eisgrauen Bären,

langmähnig und vollbärtig, in weißgrauem Unterhemd und Unterhosen - bei der Kälte! Mauri sprach nicht englisch, ich nicht finnisch, der Name Osmo aber und das Wort *ystäväni,* Freund, bewirkten, daß er seine Flinte senkte und mich lachend einlud einzutreten. Drinnen saß der Karelier. Dieser erkannte mich sofort, sprang auf, einen Urschrei ausstoßend, und hieb mir seine Pranken auf die Schultern.
- Ich arbeite für eine Sägerei, bin verantwortlich für den Holznachschub, die Stämme mit den Schlitten aus dem Wald zur Straße bringen, wo sie auf die Langholzanhänger verladen werden. Wird anständig bezahlt. Sagt es dir zu? Könnten dich gebrauchen, ist uns eben ein Mann wegen Beinbruch abhandengekommen. Ja? Und sobald der Schnee schmilzt, ziehen wir zwei zusammen los. Die Wildnis erleben. Nach Norden, bis zum Eismeer. Vielleicht findet sich dort eine Gelegenheit zu den Spitzbergen hinüber.
- Bist du verrückt, Osmo?!
- Nein, ich mein' das im Ernst. Ich hab' mir einen Fotoapparat angeschafft, und du kannst schreiben: wir bilden ein Team. Bücher über Abenteuerreisen, das wird der Hit sein, hat man mir in Kanada gesagt.
- Und warum bist du nicht dort geblieben?
- Ich bekam das Land einfach nicht in den Griff. Hätte zuviel Zeit damit verloren. Später, vielleicht, mit einem Gefährten, mit dir zum Beispiel.
- Warum mit mir?
- Du bist so einer wie ich, - er lachte sein uriges Lachen - ein Heimatloser, Ruheloser. Mensch! das wär doch was, nicht?

Die Arbeit war eine Schinderei bei der eisigen Kälte, der Lohn aber korrekt, und die Stimmung im Camp herzhaft rauh. An den Wochenenden fuhr Osmo ins Städtchen zu irgendeiner Frau. Mich nahm er nie mit. Ich wäre auch nicht mit. Scheu? Oder Mutters Blick, der in letzter Zeit oft vor mir erschien, wenn ich meine Spur bei Mondschein zwischen den Birken zog? Irrlicht oder Tagtraum?

Mutter und Vater: lief ich ihnen davon, diese Jahre all? Und dann standen sie manchmal am Weg, ich sah sie zur Kirche gehen, aus dem Konsum treten, Kartoffeln abladen, abends durchs Fenster am Tisch sitzen. Dann wischte ich schnell wieder alles weg. Sagte: Ich bin ein unwürdiger Sohn. Sagte: Ich liebe euch. Sagte: Ich möchte wissen, wie ihr gestorben seid. Sagte: Nein, ich will es nicht wissen. Sagte: Laßt mich, ich will leben. Und sie sagten: Laß uns, Bub, lebe.

Osmo überließ mich an den Wochenenden der Obhut des Eisgrauen. Dieser nahm mich mit auf den zugefrorenen See, lehrte mich eisangeln, brachte mir das Schilanglaufen bei, oft auch banden wir die Schneeteller unter die Stiefel und stapften pfadlos durch die Wälder, auf Elch- und Luchsspuren. Als das Eis schmolz, slalomten wir mit dem Boot durch die freigewordenen Gassen, setzten auf eine der unzähligen Inseln über, eine zuckerhutförmige hatte es uns besonders angetan, wir saßen dann auf dem Felskegel und brieten uns Fische. Ohne viel Worte – denn ich verstand Finnisch nur brockenweise, und er sprach einen karelischen Dialekt – lehrte mich der Eisgraue den Inarijärvi. Und ich empfand so etwas wie Heimatgefühl dabei.

Mauri war also auch Karelier, wie Osmo. Wie die zwei zusammenfanden, erfuhr ich erst, als alles vorüber war. Osmo stammte aus Viipuri, er wurde 1940 von den Sowjets aus seiner Heimatstadt vertrieben. Seine Eltern waren bei den schweren Kampfhandlungen umgekommen. Mauri war ein sowjetischer Karelier vom Ladogasee. Als 1944 im zweiten sowjetisch-finnischen Krieg Osmos Stoßtrupp in arge Bedrängnis geriet, schoß ihm plötzlich ein sowjetisches Maschinengewehr den Weg frei. Und als die Finnen vorstürmten, lief ihnen ein bärtiger Riese in sowjetischer Uniform laut *Suomi! Suomi!* schreiend entgegen. Es war Mauri.

Es kam die Schneeschmelze, und die Tage nahmen schnell zu. Osmo wurde immer zappeliger. Ich versuchte nicht mehr, ihm sein Hirngespinst aus dem Kopf zu reißen, hatte ich mich inzwischen doch selber mit dem Projekt angefreundet, daß wir beide ins Abenteuer losziehen würden, er mit Kamera, ich mit Notizblock, die Wildwasser, die hunderttausend Seen, die unergründlichen Kiefernwälder, die öde Tundra, mit Lappen auf Rentierwanderung, und dann, und dann ... Tja, das wär doch was, nicht, Pit?

Wir schufteten noch den ganzen Mai, dann brütete die Sonne Milliarden von Mückenschwärmen aus. Osmo war gegen diese Plage immun. Du wirst es auch noch werden, lachte er. Wir hatten auf den ersten Juni gekündigt. Osmo hatte mit einem Touristik-Unternehmen in Helsinki verhandelt, für das wir neue Routen für Abenteuerreisen erschließen sollten. Ein erster Zuschuß war schon angekommen. Wir freuten uns wie Schneekönige.

Dann hörte man, daß sich wieder ein Russe am See herumtreibe. Man erzählte sich wieder die Gruselgeschichten von entflohenen russischen Sträflingen, die einsame Blockhütten überfallen und die Bewohner ermordet haben sollen, um sich Kleidung, Lebensmittel und Waffen zu beschaffen. In der Zeitung stand zwar nie etwas davon, das Gerücht lief aber seit zwei Jahren hartnäckig um.
Der Eisgraue war in den letzten Tagen unruhig geworden. Dann, am 25. Mai, verschwand er. Er ließ einen Zettel zurück, auf dem stand, er wolle am Ostufer nach Nutzholzbeständen schauen. Osmo sagte mir: Es jährt sich. Ladogafront 1944. Da wird er immer so ... Mehr sagte Osmo nicht.
Es war der elfte Juni. Wir saßen auf unseren gepackten Rucksäcken vor Mauris Hütte, als die Polizei eintraf: Man habe Mauris Boot kieloben treibend und von Schüssen durchlöchert bei Vuopioniemi auf dem See gefunden. Von ihm fehle jede Spur. Uns lähmte der Schreck. Er wußte, sagte Osmo nach einer Weile, daß sie ihn eines Tages finden würden. Wußte er auch, daß sie ihm auf der Spur waren? Hatte er einen Wink bekommen? Warum hat er uns nichts gesagt? Und Osmo erzählte uns Mauris Geschichte. Der Polizeioffizier kratzte sich hinterm Ohr: Heikle Sache, heikle Sache ... Kommen Sie mit, wir müssen Meldung nach Helsinki machen.
Es ist aus mit unserem Abenteuer, sagte Osmo, als er zurückkam. Ich muß nach Vuopioniemi. Vielleicht hockt er angeschossen auf irgendeiner Insel, oder im Moor. Nein, du bist Ausländer, halt dich da raus. Und

warte nicht auf mich. Es kann Wochen dauern. Mehr darf ich dir nicht sagen. Kommst vielleicht ein anders Jahr wieder? *Näkemiin, good bye, Pit.*
Habe den Porsangerfjord verlassen, radle mühsam nach Norden, Skaidi zu. Osmos altes Rad scheppert. Wieder die Mückenschwärme, hab' mir den Mückenschleier übers Gesicht gezogen und Handschuhe an. Unerträgliche Hitze. Durst. Die Feldflasche leer. Etwas seitab von der Piste ein Lappläger. Dort muß eine Quelle sein. Laufe hin. Die Erdhäuser sind verlassen. Finde die Quelle. Setze mich in eines der Erdhäuser. Es ist angenehm kühl drinnen. Döse ein. Verschwommene Bilder im Alptraum: blasenwerfendes grünes Moorwasser, kieloben treibende Insel, angeschossener Elch. Und Mauris Stimme: Ich weiß, sie werden mich eines Tages finden. Meine Stimme: Werden sie auch mich finden?
In Skaidi auf der Post mit Antti telefoniert: Nein, den Alten habe man noch nicht gefunden. Den oder die Mörder auch nicht. Man habe übrigens keinen großen Wirbel um die Sache gemacht. Man dürfe halt den roten Bären nicht reizen. Nachrichten von Osmo? Ja. Er habe vor, sich zum Grenzschutz zu melden. Wer's glaubt ... Am 24. sei Hochzeit. Carla gehe es prächtig, klar.
Also dann auf nach Hammerfest, Pit/Peter/Pjotr. Eine neue Heimat einfädeln?

MIDNATTSSOL

Ich saß im Schneidersitz auf dem Anlegeponton für die Fährschiffe und schaute aufs Meer hinaus. Am Horizont ragten zwei Felsinseln aus dem Wasser, dazwischen ruhte die Sonne. Es war Mitternacht in Kvalsund. Ein Dampfer fuhr, von der Seite kommend, in die weißschimmernde Scheibe hinein, kratzte seine Silhouette ins Elfenbein, zog sie auf der anderen Seite wieder heraus. Da schien der Diskus eine Sekunde lang auf dem Wellengang zu tanzen. Und es geschah, daß ein Strahl wie ein züngelnder Blitz über das Wasser hin bis zum Kai herüberschoß. Wie das Flammenschwert des Erzengels am Tor zum Paradies, sagte ich mir.
Und dann erinnerte ich mich an Gott, urplötzlich. Gott, von dem ich mich schon vor vielen Jahren getrennt hatte. Es war am Tag meiner Einziehung gewesen. Ich hatte wohl Grund dazu, oder glaubte, Grund dazu zu haben. Gott, dessen Atem ich kürzlich in einem schottischen Kloster zu vernehmen glaubte; ich hatte mich aber offensichtlich in der Wahrnehmung geirrt.
- Wo warst Du, all die Zeit? fragte ich Ihn in Kvalsund auf dem Ponton.
- Ich war bei dir, Bruder, immer wenn du in Bedrängnis warst.

– O.K., sagte ich, aber warum warst Du nicht bei Gisa, bei Tanja, bei der Schar, bei Eileen, Fats und Hawkeye, warum nicht bei Mauri? Ja, siehst Du, es ist schon eine lange Liste, die ich hinter mir herziehe.
– Was weißt denn du davon, erwiderte Er. Was weißt du von den Zeit- und Raumdimensionen, in denen ich mit euch verkehre?
– *Ja nitschewo neponimaju!*
– Es ist auch besser so, daß du nichts davon verstehst. Wisse nur, ich bin da, wo du bist, wenn du glauben solltest, ich müßte eigentlich da sein.
– Ich hätte das fast geglaubt, sagte ich, vor ein paar Monaten in Fort Augustus bei den Benediktinern. Das war aber sicher ein Irrtum von mir.
Er lachte.
– Ja, da hattest du unbedingt im Kloster bleiben wollen, hattest schon einige der guten Patres überredet. Da war nämlich so eine unkontrollierte Sehnsucht über dich gekommen. Aber das wäre nicht gut gegangen, deshalb hab' ich ...
– Das warst Du also, der ..., unterbrach ich ihn.
– Ja, das war ich, der dich hinausbugsierte.
– Du warst also dieser Mönch mit dem etwas schiefen Mund, der mir eine Stulle in die Hand drückte, nach Tertia ...
Der in Pits Zelle erschien, der ihm eine Stulle in die Hand drückte, ihn durch eine unmißverständliche Geste aufforderte, seinen Rucksack zu packen, der ihn zur Pforte hinausführte und ein vorbeikommendes Polizeiauto anhielt, zu den Cops sagte, der *french student* hier möchte nach Inverness, und der sich dann augenblick-

lich verflüchtigte. Die Polizisten stoppten das erstbeste Fahrzeug, es war ein Truck, und baten den Fahrer, den jungen Gentleman doch mitzunehmen. Dieser lief dann am Nachmittag durch das liebliche Inverness, hatte die Benediktiner vergessen und freute sich an der herben Schönheit der dortigen Mädchen; saß lange am Moray Firth und träumte sich nach den Shetlands ... und Thule hinüber. Im YMCA aber traf er auf Anthony, erwerbsloser Fotograf auf Motivsuche, mit dem er sich sofort anfreundete, und sie hitch-hikten von *lift* zu *lift* an der Küste entlang über Beauly und Aberdeen bis Edinburg.
Kvalsund. Die Sonne klettert am östlichen Felsen hoch, die Zacken greifen wie ein Zahnrad in die gleißende Scheibe. Immer wieder schickt sie mir den züngelnden Blitz herüber. Die Wellen sind lauter Walfischbuckel, die der Strahl für Sekundenbruchteile silbrig aufritzt ... Sitzt Gott neben mir? Steht Er hinter mir? Ich schaue nur geradeaus, aus Furcht, es könnte wahr sein, aus Furcht, es sei doch nicht wahr.

– Sag' Du, frag' ich, hättest Du nicht selber den Fernfahrer anhalten können? Warum erst die Polizei dazwischenschalten?

– Tja, antwortet Er, da hätte ich mich zuerst in einen presbyterianischen Pastor verwandeln müssen, und das wär' dir aufgefallen.

– Spaßvogel, Du, sag' ich. So haben wir Dich nicht gelernt, in der Christenlehr', damals.

– Meine Beamten und Funktionäre haben halt leider nicht viel Sinn für göttlichen Humor!

– Aber jetzt sag' mir, frage ich weiter, warum wolltest Du nicht, daß ich im Kloster bleibe?

Es war über Pit gekommen, unvorhersehbar. Er erinnert sich: Er hatte die ganze Strecke von Ballachulish bis Fort Augustus am Loch Ness zu Fuß zurückgelegt, im naßkalten Winterwetter, hatte alle angebotenen *lifts* abgelehnt, wer weiß warum, er war hundemüde, als er im Ort ankam. Die Nacht war schon von den Bergen gerutscht und aus dem See gestiegen. Kein Boardinghouse war zu finden, und da stand er plötzlich an der Pforte.
Man hieß ihn willkommen. Man führte ihn ins Refectory; man setzte ihn an einen kleinen Tisch mitten im Saal. Er aß Omelett und trank Tee. Er hörte der Lesung zu. Es handelte sich um die Berufung der ersten Jünger Jesu am See Genezareth. Draußen tobte der Sturm, drinnen fühlte sich Pit von der großen Stille wie auf eine Wolke gehoben. Die weiße Kuttengemeinschaft im großen Rechteck, in dessen Mittelpunkt er sich befand, kam ihm wie die Haltemannschaft dieses wolkigen Sprungtuchs vor ... Dann brach man auf, begab sich in den Kreuzgang, zog die Kapuze über den Kopf, so tat auch er mit der Kapuze seines Duffelcoats, man kreuzte die Arme und sang das Komplementorium: *In manus tuas, Domine, commendo spiritum meum.*
Der große innere Friede. Die Auflösung des schäbigen Ich. Das Wachsen eines heiteren, klaren Bewußtseins. Das Hinübergleiten an sanfte Ufer. Dann die Hand des Priors auf seiner Schulter, sein mildes Lächeln. Die Zelle. Draußen tobte immer noch der Sturm. Haben Simon und die Söhne des Zebedäus ihre Boote sicher vertäut? Die Mönche saßen um ihn herum und befragten ihn. Er spulte den Film seines jungen Lebens ab.

Und dann sagte er: Versteht ihr nun, warum ich hier bleiben möchte? Sie nickten. Einer brachte ihm ein Glas Scotch, und dann ließen sie ihn allein. Er verschlief selig Nocturnum medianum, Matutina und Prima und erwachte erst kurz vor Tertia. Da trat der mit dem etwas schiefen Mund in seine Zelle.
- Jetzt gib mir Antwort, frag' ich ihn zum zweiten Male. Warum durfte ich nicht bleiben?
- Reut es dich?
- Nein, eigentlich nicht.
- Also. Und reut es dich, daß du diese kurze Erfahrung des Gelöstseins gemacht hast?
- Nein, eigentlich nicht.
- Also.
Also was ... Und jetzt kommt es wieder über mich wie damals. Soll ich mich dagegen wehren? Laß dich jetzt nicht gehen, sag' ich mir. Tu was! Ich spucke ins Wasser. Red was, und wenn's Unsinn ist! Ich rezitiere. Irgendetwas. Fetzen aus Macaulay, Heine, Verlaine. Sing was! Ich singe: *Es steht ein Soldat am Wolgastrand.* Quatsch! Deutscher Edelkitsch! Dann halt: *Swing Low, Sweet Chariot* ... nein, kein Gospel, würde genau so kitschig wirken, jetzt! Ich reg' mich auf. Ist er immer noch da? Die Sonne sitzt jetzt aufgespießt auf einem Berg der Insel Kvalöy. Irgendwo läutet es Matutina. Red ihn an!
- Sag mir, warum hattest Du Dir diesen schiefen Mund zugelegt?
Er lachte.
- Hätte ich dir im Jesuslook erscheinen sollen, im Quo-vadis-Stil? Mach's gut, Bruder! *Näkemiin!*

Ich drehte mich endlich um. Es war niemand da. Aus einem auslaufenden Kahn winkte mir der Fischer herüber.

Nein, sagt sich Pierre Jahrzehnte später, Kieselsteine in den Rhein werfend, du hattest Ihn nicht erst in Fort Augustus wiedergefunden. Erinnere dich: Es war in Tanjas Hütte, da stieg Er plötzlich aus der Ikone überm Bett. Sein Gesicht hing den Bruchteil einer Sekunde lang im Flackern der Kerze, die neben dem Bett auf dem Hocker stand. Dann sog die Flamme das Gesicht in sich hinein. Und der mit Nägeln besetzte Holzrahmen war leer. Wo ist die Ikone hin? fragtest du mit gedämpfter Stimme die Frau. Sie verstand deine Frage nicht. Du zeigtest dann auf den Rahmen. Sie stützte sich auf und erhob den Kopf, schaute zum Rahmen hinauf, verstand immer noch nicht, sagte nur, auf russisch und deutsch: *Pan Bog*, Gott. Sie sah Ihn offensichtlich immer noch an Seinem Platz auf dem Thron der Herrlichkeit, ihre Augen hingen offensichtlich an der wallenden goldenen Haartracht, am von Licht und Güte durchdrungenen Gesicht. Dann liefen ihr Tränen über die Wangen. Der Soldat schloß die Augen, öffnete sie gleich wieder, und siehe: Er war wieder da. Ein Schauer durchdrang ihn, er verdrängte ihn sofort. Fängst du an zu spinnen? fragte er sich und sank wieder auf die Frau nieder.

Als sie die Hütte niedergebrannt hatten, stand er lange vor dem schwelenden Haufen. An einem verkohl-

ten Balken klebte etwas Blattgold. Er kratzte den winzigen Splitter los und steckte ihn in seinen Brustbeutel. Der Goldsplitter fiel ihm wieder ein, als er Monate später vor den verkohlten Ruinen seines Elternhauses stand. Am selben Abend verbrannte er den Brustbeutel. Und seither? Na ja ...
Er wischt sich mit dem Ärmel über die Augen. Ein Rheinschiff tuckert talab, wirft eine Wellenschlange bis ans Ufer, sie spritzt an seinen Beinen hoch, dann glättet sich das Wasser wieder. So ist es, sagt er. Und dann: Bog, Bog ... Wirst Du eines Tages Rechenschaft von mir verlangen? Wirst Du das wollen? Dein Gesicht war nachher genau so milde wie vorher ... Na ja, wir werden ja sehen. Der Zeitpunkt nähert sich, an dem der Fluß ins Meer mündet.
Nebel kommt auf, schleicht aus den Auenwäldern, legt eine wattige Brücke über den Strom, sie reißt in einem Windstoß auf, dann fließen die zerfaserten Ränder wieder zusammen. Ein Rabenpulk besetzt lärmend eine Pappel. Bald wird es Nacht. Geh' fort, sagt eine Stimme im Mann, bevor andere Gespenster kommen. Jetzt reicht's, sagt der Mann, ich hab' sie alle exorziert, keines vergessen! So? Keines? fragt die Stimme.
Und da schält sich auch schon schemenhaft das Gesicht seines Landsmanns aus einem Nebelballen. Theo, du ... sagt der Mann. Theo stammte aus dem Nachbarort. Er war Theologiestudent. Pierre sagte Pastor zu ihm. Zusammen hatten sie Tamieh entdeckt und verloren. Zusammen hatten sie mit Gisa desertieren wollen. Dann diese verstümmelte Leiche in der zurückeroberten sowjetischen Stellung.

Wie der Pastor zu der SS gekommen war? Wie so mancher seiner Landsleute. Man hatte ihn unter Druck gesetzt. Seine Eltern sollten deportiert werden, weil der ältere Bruder sich der Wehrpflicht durch Flucht in die Schweiz entzogen hatte. In seinem Einmannloch las er die Bibel.
– Pierre, sagte er, wir sind Zeugen. Zeugen müssen aufstehen, wenn Unrechtes geschieht.
– Ich fühle mich nicht zum Märtyrer berufen, Pastor.
– Ich auch nicht, erwiderte er. Und dennoch wird es geschehen müssen. Gott erwartet es von uns.
– Warum greift Gott dann nicht selber ein, Pastor?
– Weil er ohne unsere Mithilfe machtlos ist.
– Na, so was! sagte Pierre.
Es geschah dann einiges, und sie griffen nicht ein. Nur ein glücklicher Umstand hatte sie davor bewahrt, zu Mittätern zu werden.
– Na, Pastor?
– Wir haben versagt ... einmal mehr ...
Er hatte Tränen der Scham und der Angst in den Augen. Und dann geschah das Letzte. Und Theo ging zur Schlachtbank.
Und ich lebe.
– *Pan Bog! Bog! Gospodin! Gospodin!* schreit der alte Mann in den Nebel hinein. Als Antwort hört er nur, sehr weit und sehr dünn, Fats heisere Stimme: *Nobody Knows The Trouble I've Seen* ...
Er hält sich die Ohren zu. Aufhören! schreit er, aufhören!

❖ ❖ ❖

Die Fähre legte an. Sie brachte mich zur Insel Kvalöy. Ich radelte dann der Küste entlang bis Hammerfest. Herrliche Sonne, freundliche Brise. Ich sang mit lauter Stimme ein schottisches Lied: *Wi' a hundred pipers an' a', / We'll up and gie them a blaw, a blaw, / Wi' a hundred pipers an' a', an' a'* ... Und da lag die nördlichste Stadt Europas vor mir. Sie gefiel mir sofort. Nicht, daß sie bemerkenswert war: man hatte sie nach der totalen Zerstörung im September '44 im Baukastenstil wiederaufgebaut; es war etwas anderes, für den Moment unfaßbares, das mich für das Städtchen einnahm.

Ich ging zur Post, ließ mich von meinem Notarfreund anrufen. Der hatte gute Nachricht: Alles vorteilhaft geregelt; da wäre nur noch die versumpfte Kiesgrube mit dem jungen Erlenwald drum herum, die will nicht weg, am besten, man schenkt sie der Gemeinde. Vater hatte das vollständig verwilderte, weitab vom Dorf gelegene Grundstück für ein Klötzel und ein Böhnel erworben. Wir rodeten und legten den Wald an. Aus der Grube wollte er einen Fischweiher machen. Es kam nicht mehr dazu. Kurz entschlossen sagte ich zum Notar: Das behalt' ich. Ich hab' schon einen Namen dafür: Tamieh ... Den hat's, hörte ich ihn murmeln, bevor ich auflegte.

Ein kleiner See einige hundert Meter außerhalb des Städtchens. Mädchen badeten. Eines von ihnen schwamm nahe am Ufer vorbei. Ich fragte sie, ob sie aus Hammerfest sei. Nein, antwortete sie, sie sei Finnin, *the other two there are Norwegian girls.* Ob eine von ihnen Sigrid heiße, Sigrid Einarsson? rief ich den beiden Norwegerinnen hinüber. Und sogleich schalt

ich mich einen Esel, denn der Name dürfte hier sicher einen schalen Beigeschmack haben, und was ging mich die Sache an! Sie forderten mich lachend auf, ins Wasser zu springen. Es war mir aber nicht drum, ich war so wohlig faul und streckte mich wieder aus.
Felsbrocken liegen umher, dürres Gras und Heidelbeerstauden bedecken den steinernen Boden. Rentiere äsen gemütlich oder liegen in einer schattigen Kuhle. Die Schiffsglocke läutet im Hafen. Es ist die Fähre nach Alta. Ich hätte eigentlich mitfahren sollen, bin aber Gott weiß warum in diesem Hammerfest hängengeblieben. Morgen gehe ich auf Arbeitssuche. Im Kühlhaus und in der Fischnetzfabrik soll es Möglichkeiten geben. Den äußersten Norden voll auskosten, bis die lange Nacht kommt. Den Tip habe ich von einem Südbadener, der sich hier wohlweislich für einen Schweizer ausgibt. Es war gestern auf dem rauhen, abgeschabten Berg oberhalb des Städtchens, wo wir uns zufällig getroffen hatten, und als er mich fragte, woher ich denn meine Deutschkenntnisse habe, dazu noch mit Landserbrocken gewürzt, gab ich ihm dummerweise in einigen Stichwörtern den diesbezüglichen Teil meiner Vita preis.
– Verrat es niemandem, sagte er, ich lag hier im September '44, Eismeerfront, verstehst du?
– Wie bist du denn ins Land hier 'reingekommen? fragte ich ihn. Daß die dich hereingelassen haben!
– Über Schweden, dann auf Schleichpfaden über die Grenze beim Kilpisjärvi. Der Lappe hat mich dabei ganz schön ausgenommen. Ich kenn' die Gegend wie meine Hosentasche, weißt du.

- Ja, ich weiß, lachte ich, Eismeerfront und verbrannte Erde!
- Genau, die ganze Stadt haben wir abrasiert. das brannte tagelang, kein Stein blieb auf dem anderen. Du mußt es ja auf den Prospekten gesehen haben. Die Bevölkerung war zwangsevakuiert worden. Die sind jetzt alle wieder zurückgekehrt, hab' ich erfahren.
- Das beruhigt dich wohl, was, daß sie es glücklich überstanden haben? Dann ist ja alles wieder okay, was?
- Halt 's Maul, du warst ja auch, damals ... Du weißt ja, wie das war.
- Laß mich da aus! sagte ich verärgert über mich selbst; denn hatte ich mir nicht geschworen, nie mehr mit meiner Vergangenheit hausieren zu gehen?
- Ich kannte ein Mädchen hier, fuhr er weiter. Was sie wohl mit ihr gemacht haben nachher? Ich würde sie gern wiederfinden. Sie hieß Sigrid Einarsson. Könntest du vielleicht, als Franzose? Franzosen sind hier beliebt.
- Nein, antwortete ich abrupt, tut mir leid.

Arktischer Sommer, die Sonne fährt langsam ihre Ellipse ab. In ein paar Stunden gleitet sie in dieses Loch zwischen den Söröja-Felsen und schiebt sich dann wieder nach rechts hoch. Zu Hause haben sie auch so ein Loch, in das im Sommer die Abendsonne sinkt. Sie nennen es das Madamenloch, das verschluckt aber und gibt nimmer raus. Ich erinnere mich noch, wie ich als kleiner Junge mal ausrechnen wollte, wieviel Sonnen das Madamenloch wohl schon verschlungen hatte. Und fragte mich, wie sie diese Sonnen verdaut, etwa wie diese fleischfressenden Blumen, die der Gärtner in seinem Treibhaus hatte.

– Frag doch mal so, frag, ob es hier Einarssons gebe, du hättest einen dieses Namens irgendwo angetroffen, in Frankreich, insistierte er.
– Nix zu machen, sagte ich. Die Sünden können doch nicht ungeschehen gemacht werden, also was dann.
– Welche Sünden? fragte er. Du, ich bin immer ...
– Sauber und anständig geblieben. Ich kenn' das Lied. Hab' es selber gesungen. Nur, wenn ich es sing', klingt's glaubhafter. Du weißt ja, ich war ein zwangseingedeutschter, zwangseingezogener Franzose, mir nimmt man's ab, euch nicht, in hundert Jahren noch nicht, und da könnt ihr Buße tun noch und noch, den Fluch werdet ihr so schnell nicht los.
Er schaute mich mit wehmütigen Augen an, schüttelte den Kopf und wandte sich zum Gehen. Dann drehte er sich nochmal um:
– Verstehst du, ich muß es wissen. Vielleicht quäl' ich mich umsonst.
– Überlassen wir es dem Genossen Schicksal, Kumpel. Der weiß, was sein muß und was nicht.
Die Narbe auf seiner rechten Wange zuckte. Er rückte seine Baskenmütze zurecht.
– *Que veux-tu, c'était la guerre,* sagte ich.
– Was sagst du da?
– Ich glaubte, Schweizer verstehen französisch, spottete ich, und hatte doch sogleich Mitleid mit ihm: Na ja, wenn's sich so trifft, warum nicht.
– Danke, sagte er. Ich heiße Rainer, und du?
– Pjotr.
– Wieso Pjotr?
– Seit damals, Kumpel, lachte ich rauh.

Ich liege im Moos auf dem Schlafsack, den Zeltpacken als Kopfkissen. Hinter mir schnuppert ein Ren an Osmos Rad. Die Mädchen sind verschwunden. Wie wär's jetzt doch mit einem Bad? Ich kleide mich aus und gehe zum See hinunter. Da bleibe ich plötzlich wie gelähmt stehen: hinter einem Felsbrocken liegt eine nackte weibliche Gestalt auf einem grünen Badetuch. Ich halte erschreckt meine Hände vor mein Geschlechtsteil. Die Gestalt reckt sich auf und lacht. Ich lache halt auch und sag': *Bonjour*. Warum hab' ich da französisch gesprochen? Und sie antwortet: *Bonjour, Français! Assieds-toi!* Eine Französin? frage ich. Nein, sie sei Norwegerin, habe aber ein paar Jahre in Genf gelebt. Ich setze mich. Ich hab' dich in Kvalsund gesehen, sagt sie, auf dem Ponton. Ich muß ziemlich dämlich dreingesehen haben, sag' ich, ich hatte einige Probleme mit mir selbst zu besprechen. Wir plaudern. Belangloses, aber darauf kommt es ja nicht an, unsere Augen hängen ineinander fest. Dann plötzlich steht sie auf, löst ihr aufgestecktes Haar, wickelt das Badetuch um ihre bezaubernd heitere Nacktheit und sagt lächelnd: Salut! Bis morgen, vielleicht?
In den Augen des alten Mannes leuchtet es. Liv ... murmelt er. Liv in Hammerfest, Liv in Mo-i-Rana, Liv in Paris, Liv im Rätikon, immer wieder Liv, Engel und Venus zugleich. Wir fanden uns so oft und entglitten jedesmal einander wieder, Liv. Doch das ist eine andere Geschichte. Nun sind wir noch in Hammerfest am kleinen Badesee. Irgendwo in der Stadt wird ein Deutscher von einem ehemaligen Partisan namens Olaf Einarsson krankenhausreif geschlagen. Ich hätte ihn

mit dem Lieben Gott von Kvalsund bekanntmachen sollen, sagt Pierre zu Liv. Das Mädchen nickt nachdenklich mit dem Kopf, dann steht sie auf und sagt: *Midnattssolen.* Die Mitternachtssonne hängt zwischen den Söröja-Felsen. Und sie gehen miteinander Hand in Hand, Eva und Adam, hinüber zum See. Und der Liebe Gott von Kvalsund lächelt leise, denn es wächst kein Apfelbaum auf Kvalöy.

1 9 5 4

Der Mann P.S. sitzt hinter seinem Schreibtisch. Er versucht seine Papiere zu ordnen, wühlt sich durch Kartons voll Korrespondenz, kurz hingekritzelte unleserliche Vermerke zum Geschehen, Entwürfe von Briefen, auch nie weggeschickten, vergilbte Zeitungsartikel, Fotos, Rechnungen, usw., stapelt sie nach Jahreszahlen auf, stellt fest: in den leeren Jahren hat sich ein ansehnlicher Papierberg angehäuft. Die öde Zeit hat aber in seinem Gedächtnis nur flüchtige Spuren hinterlassen, so daß er auf Interpretationen und Vermutungen angewiesen ist.
Doch, einiges schält sich schon aus dem Wust heraus, Karriere läßt sich dokumentieren: Joulin hätte gern ein paar Sketche und Chansons von mir für sein *café-théâtre*. Die find' ich nicht mehr. Hatte ich sie überhaupt geschrieben? Gedächtnislücke. Auch egal. Dorvals danken für die Soiree, er wird mir eine Stelle in seinem Theater beschaffen. Die Marieux, alternde Soubrette mit Einfluß auf den Chef, schickt ein Billet, auf dem sie mich einen ungehobelten Barbar schimpft. War das, als sie über meine Landsleute herzog und ich ihr den *veuve cliquot* in den Busen schüttete? Ich hatte, wie damals so oft, gesoffen und nicht genug, da war bekanntlich nicht gut Kirschen essen mit mir. Fast wär'

ich aus dem Theater geflogen. Und der Grandjean, ja, der Arschlecker, da war ich schon Regie-Assistent, hier die Einladung zu dieser Party, auf der er mich ins Schlafzimmer hineinmanövrierte, wo seine bildhübsche Puppe sich lasziv im Negligé auf dem eher schäbigen Bettüberzug räkelte. Und so weiter, der ganze affige Künstlermief zweiter Klasse in Billets, Fotos, Lobhudeleien und Verrissen, das Kriechertum, das Anmachertum, der kleine Pariser Wahnsinn. Wie ich dann zu den Kritikern überlief, rotzfreche Glossen schrieb, wie ich die Leiter hochkletterte, rechte Hand des Chefredakteurs wurde, da die Beweise! auch meine Lucy mit hochriß, sie im Fernsehen unterbrachte. Wie wir Geld verdienten. Verdammt nochmal!
Ins Feuer damit? Nein, auch die Leere muß dokumentiert bleiben, das Kleinkariert-Pariserische, das Oberflächliche der Mittelstandsschickeria. Erinnerung an Küßchen, Küßchen, zweimal pro Wange und noch schnell eines auf die Lippen, wie schmeckte Rouge damals? Und: *ô ma très chère, mon tendre ami,* die kleinen flüchtigen Flirts und die kleinen Hinterlistigkeiten auch, oh, nichts Arges, so banal auch sie wie der Rest, und massenweise Nichtssagendes, Seifenblasen, Nichtigkeiten, Großsprecherisches, Langeweile, woraus so ein Alltag an die acht- bis zehntausendmal besteht. Dann der penetrante Duft von Lucys Parfüm, der mir jetzt wieder scharf durch die Nase zieht, Erinnerungen wachrufend an Seidenblusen, Pelzstolas, modisch winzige Büstenhalter, Achselhöhlen und Schamhaare, an Schwanenhals und Schmollmund ...
Er steht auf, will ans Fenster, doch der Spiegel fängt

ihn ein, läßt ihn nicht mehr los, zieht ihn in sich hinein, und da steht ein anderer vor ihm, helles Haar, glatte Haut, schlanke Gestalt. Ich kenn' dich doch, sagt er, aber woher? Schau mich gut an, sagt der andere. Und frag dich: Was hab' ich aus mir gemacht? Na und, antwortet der Mann, so wird's einem jeden ergangen sein, und so wird's einem jeden ergehen. War es nicht Zeit, daß ich endlich einmal reif wurde? Reif werden: sich etablieren, heiraten, seinem Beruf nachgehen, Geld scheffeln, in die Alterskasse einzahlen ... Und Liv? fragt das Spiegelbild. Da war doch auch Liv. Ja, sagt der Mann und lächelt leise vor sich hin. Doch das Kapitel Liv werden wir später durchsehen, du und ich. Denn da warst nicht nur du, da war auch ich ... Und dieses Kapitel ist noch nicht abgeschlossen. Hätte es sonst einen Sinn weiterzuleben?
Er geht zum Tisch zurück, fegt die Papierhügel in die Kartons zurück, denen er sie entnommen hatte, grinst zum Spiegel hinüber und fragt: Wo waren wir denn stehengeblieben? September 1948, sagt der andere. Da kam ich aus Norwegen zurück. Warum bist du nicht geblieben? fragt der Mann. Ja, warum, sagt das junge Spiegelbild, so sind wir halt, wir beide, immer auf der Flucht vor uns selbst.
Ich war zurückgekommen. Ich hatte Geld genug, jetzt. Ich mietete eine kleine Wohnung in der Altstadt, sanierungsbedürftig wohl, aber sehr pittoresk. Mein Heimatdorf mied ich. Da war zwar noch die Kiesgrube mit dem Wäldchen, ich gab Order, sie zu umzäunen. Später würde ich da meinen Alterssitz bauen, dachte ich mir, und mich zuwachsen lassen. Tamieh!

Im Elefantenfuß traf ich Edi, einen ehemaligen Schulkameraden aus der 7. Klasse. Was hockst du da rum, Peetr, und tust nichts, sagte er, du vergammelst ja dabei. Laß dich an der Uni immatrikulieren. Was soll ich auf der Uni? fragte ich. Germanistik, antwortete er, das machen wir alle, da haben wir einen Vorsprung auf die Franzosen. Deutsch kann ich genügend, sagte ich, Landserdeutsch, SS-Deutsch, Goethedeutsch! Ich schrieb mich in Romanistik ein, lernte Proust, Gide und Paul Valéry kennen, die mich bald langweilten, (heute kehre ich wieder zu den *grands maîtres* zurück), so daß ich es vorzog, mich privat mit Camus, Sartre, Aragon und Prévert zu beschäftigen. Abends trafen wir uns, die Ehemaligen der 7. Klasse, im Studentenheim, in dem die meisten von ihnen wohnten. Und da wühlten wir beim Rotwein die Vergangenheit auf.
Nein, von der Kasernen- und Frontzeit sprachen wir nie. Wir hatten sie ja nicht gemeinsam erlebt. Jeder trug diese Zeit in sich vergraben. Wir sprachen vom vorher Erlebten in der Schule unter den Nazis. In unserer Klasse hatten wir nur einen einzigen echten Nazi, den HJ-Führer Heinrich, vormals Henri. Der hielt aber dicht und verpetzte uns nie. Heini, hatten wir ihm gedroht, sollte mal was 'rauskommen, weil du die Klappe nicht halten konntest, dann wehe dir, wir ersäufen dich im Kanal! Einige von uns hatten wohl Väter, die das Parteiabzeichen trugen, aus welchem Grund auch immer. War ich nicht auch in dieser Lage? Aber daran störte sich keiner von uns. Wir waren wir, Franzosen, Patrioten, Antinazis, *nom de Dieu!* Wir waren auch Lausbuben, kannten uns in der Chemie aus und hatten

geniale Bastler unter uns. Wie oft ging die Sirene von selbst los, blieben Professorenhosenböden an Stühlen kleben, explodierten Reagenzgläser, schwebten Stinkgasschwaden durch die Aula bei Appellen. Mitten in der Physikstunde ließen wir die Schulglocke ertönen, der alte zerstreute Professor sprang vom Stuhl auf, schlug die wackeligen Hacken zusammen, grüßte zitternd-zackig und brüllte Heil Hitler, da läutete die Glocke nochmal, er schrie wieder Heil Hitler, und setzte sich. Und wir grölten: Sieg Heil! Wir zogen Notbremsen im Zug. Wir schrieben Flugblätter ab und verteilten sie nachts, wir feierten den Fall von Stalingrad um Mitternacht in einer Burgruine, hatten ständig Kripo und Gestapo auf den Fersen, auch die Bahnpolizei. Das war ein gefährliches Abenteuerspiel, viel interessanter aber als der öde HJ-Dienst, den wir sowieso regelmäßig schwänzten.

Dann trafen wir uns also wieder im Jahre 1948, zwei Beinamputierte, ein Armamputierter, vier Deserteure, sechs aus sowjetischer oder amerikanischer Gefangenschaft Entlassene. Die Hälfte der Klasse lag irgendwo zerfetzt oder verhungert oder erfroren in fremdem Boden. Unser HJ-Führer war auch dabei, hieß nun nicht mehr Heinrich, sondern wieder Henri, war für uns aber weiter der Heini geblieben. Mit dem Studieren nahmen wir es nicht so ernst. Die Professoren wollten uns anfangs scharf 'rannehmen, als aber eines Tages Prothesen abgeschnallt wurden und damit auf die Pulte geklopft, wurden sie schnell eines Besseren belehrt und fortan gingen sie behutsam mit uns um.

Das Heim wurde von bourgeoisen Damen betreut. Zu

Weihnachten gaben sie ein Fest zu unserer Ehre, auf dem unser Martyrium, unser Patriotismus elegisch besungen wurden. Wie wir unsere Seele rein bewahrt hatten unter des Teufels Klamotten. Wie wir unseren Glauben an das teure Vaterland, *la douce France,* nie verloren. Auch unserer gefallenen Kameraden gedachten die edlen Damen, dieser Opfer Leviathans, die sich noch im Tode aufbäumten, um den *boches* ein letztes *Vive la France* in die verabscheuungswürdige Fratze zu schleudern. Kamen uns die Tränen? Oh, nein! Aber unser Adrenalinpegel schoß in die Höhe, schwappte über und der Teufel war plötzlich los. *La France,* schrie einer von uns, hat nicht mal den kleinen Finger gerührt, als man uns einzog und nach Rußland schickte! Und dann, ich weiß nicht mehr, wer damit anfing, war es Edi, war es Hubert oder sogar ich, auf jeden Fall fiel alles ins Lied ein vom Heller und vom Ba-atzen, die Scheiben klirrten im Heidiheidoheida, die Gläser und Flaschen tanzten auf dem Tisch, der Fußboden dröhnte, und dann pfiff der Wind so kalt im schönen Westerwald, und wir schmissen die Eukalyptusbonbons über seine Höhen, und was wir noch alles in die Nacht hinausgröhlten an Stelle von *Douce Nuit* und *Minuit, Chrétiens.* Da sah ich, wie des Heinis Augen zu glänzen anfingen, wie sein Mund sich aufsperrte, ich haute ihm die Hand drauf: Du Heini, du hast jetzt noch zehn Jahre lang die Gosche zu halten, verstanden! Aber, maulte er, ich war ja auch dabei, hab' die Lieder gesungen! Du hast sie nicht so gesungen wie wir, brüllte ich ihn an. Verstehst du, wir haben sie anders gesungen als du! Und wir singen sie auch jetzt noch anders!

Das hat nichts mit Landserseligkeit zu tun, du Heini! Damals haben wir sie mit der Wut im Bauch hinausgebrüllt! So wie heute, nur hat jetzt die Wut umgekehrte Vorzeichen! Aber das verstehst du ja nicht, und die Kühe da schon gar nicht!

Die Damen waren empört aufgestanden, rauschten zur Garderobe, um den entfesselten Barbaren zu entfliehen. Da trat der hinzugekommene Heimleiter dazwischen, glättete die Wogen, Studenten neigten halt gern zur Provokation, man bedenke doch, was diese Burschen schon alles erlebt hätten, durchgemacht hätten, das müsse noch ausgeheilt werden, und das brauche seine Zeit, und sei nicht einer dabei, der 1944 eine ganze SS-Schar vernichtet habe! Haha! brüllte ich, das muß gefeiert werden! Man brachte Schampus herbei, die Damen ließen sich zuerst versöhnen, dann verwöhnen, Edi spielte zum Tanz auf, und vom Tanzen gings nach kurzer Zeit zum Schmusen über, die Amputierten waren die ersten, die knutschten und sich beknutschen ließen. So ein Amputierter strahlt halt eine unheimliche Erotik aus, lachte Hubert.

Die Sache entwickelte sich zu einer beginnenden Orgie, als der Heimleiter ein zweites Mal dazwischentrat und Feierabend verordnete. Ich hatte die Frau eines berüchtigten Epurierers aufgegabelt. Der Mann spürte in der Verwaltung vermeintlichen oder echten Nazis nach, die dann fristlos entlassen wurden. Wir machten uns auf den Weg nach Hause. Den Heini nahm ich aus Mitleid mit. Unterwegs im Stadtpark setzten wir uns auf eine Bank. Die Dame hatte ihre ganze Contenance verloren und schmiegte sich glucksend an mich. Da hatte ich plötzlich eine teuflische Idee. Ich überlaß' sie dir, flüsterte ich Heini ins Ohr. Du weißt, wer sie ist, es wird dir sicher Spaß machen. Heini aber schüttelte den Kopf und rannte weg. Hab' ich mich geschämt (ich möchte jetzt diese Frage gern mit ja beantworten, um mich nicht nachträglich schämen zu müssen). Oder hab' ich gelacht? Auf jeden Fall, bot ich ihr hämisch-galant den Arm und lieferte die Enttäuschte an ihrer Haustüre ab.

Man traf sich noch etliche Male, spulte den 1940-42er-Film immer wieder zurück und ließ ihn ablaufen, während Edi die Schlager von dazumal versonnen auf dem Klavier spielte. Manchmal auch legte er einen fetzigen Rag hin. Ich stand dann oft stumm neben ihm. Was hast du denn, Peetr? fragten die Kameraden.

Dann brach er das Studium ab, ließ sich von seinem ehemaligen Theaterdirektor wieder engagieren, als Faktotum, Souffleur und Ersatzmime. An den spielfreien Abenden pendelte er vom Elefantenfuß zur Theaterbar und retour. Dort in der Bar traf Peetr eines Abends mit Edith Piaf zusammen. Sie hing an Piotrs Hals, sie tanzten Slow. *Mon grand blond, mon barbare,* hauchte sie rauchig. Die Piaf, zerzaustes kurzes Schwarzhaar, leicht angewelktes, blutlos weißes Gesicht mit knallroten Lippen, im schwarzen Kleid die kleingewachsene fünfunddreißigjährige Pariser Göre mit der gewaltigen angerauhten, leicht tremolierenden Stimme, die Pjotr einen ganzen Abend lang verzaubert hatte, verführt hatte in die Gassen und Hinterhöfe der absoluten Liebe: *Non, je ne regrette rien* ... Die Stimme, die sich in seinem Ohr festsetzte, in seiner Seele ...

Das ist's, sagte er sich, diese Stimme in dieser Sprache ... Da fiel stückweise die alte Haut von ihm ab. Und Peter Kreuder und Fats Waller glitten von ihm weg und verloren sich in der Ferne. Und sein Theaterdirektor sagte: Das wär's! Wir schalten auf Kabarett um, Sketche und Chansons. Also dann, sagte Pjotr S., Saint-Germain-des-Prés in der Provinz, warum nicht. Und sie prosteten sich zu. Als er aus seinem Rausch erwachte, war die Piaf weg.

Ich begann also kleine Sketche zu verfassen, die man in die Revue einbaute, dann ging ich zum Stückeschreiben über. Nach ein paar mißglückten Versuchen gelang mir der erste und einzige große Wurf. Die Thematik holte ich mir aus der Mythologie, aktualisiert, im Stil der Zeit: Zeus und Fricka in einer Vorortvilla, komplizierte Beziehungskisten, griechische Ironie und teutonische Biederkeit in französischer Leichtfüßigkeit, skurrile Sachen halt, verdiente wohl nicht viel dabei, erlangte aber dadurch eine gewisse Berühmtheit, wurde ich nicht sogar in Paris in einem *théâtre de poche* aufgeführt? Man mochte das damals, Neobarbarisches im alerten Stil, französisiert, à la Saint-Germain-des-Prés, wie gesagt. War zwar epigonenhaft, aber immerhin gefiel's. Wurde sogar in Le Monde besprochen.

Dann war der Kopf leer, die Spielerei hatte ich auch satt. Und da war hier dieses halbfertige Land, oder besser gesagt, das schon halb abgebaute Land, das wegschwimmende Land, trostlose Provinzialität mit bourgeoisem banalfranzösischem Firnis überzogen. Das muffige Land, von Präfekten und Paukern regiert ... Spürte ich das so, damals, oder lasse ich mich jetzt beim

Nachvollziehen von meinen heutigen Ansichten beeinflussen?

Am 11. November – es muß 1951 gewesen sein – holte man mich vom Gefallenendenkmal herunter. Ich hatte schon den Hosenlatz offen und war im Begriff, auf die Fahnenträger zu pinkeln. Wie sie da unten standen, diejenigen, die auf der richtigen Seite gekämpft hatten, die glorreichen Befreier, die Helden mit der medaillengeschmückten Brust, und dahinter, verschämt und doch stolz, in die Bruderschaft der Siegreichen aufgenommen geworden zu sein, meine ehemaligen Frontkameraden.

Auf dem Polizeirevier haben sie mich blau geschlagen. Als der Arzt kam und zufällig meine vernarbte Achselhöhle sah, fragte er: SS? *No,* antwortete ich, *tomahawk.* Seinem Blick nach war ich für die Psychiatrie reif. Man fragte mich, warum ich das getan habe. Ich antwortete: Weil ich den Krieg hasse, weil ich die Fahnen hasse, und die Clairons und Trommeln und die Medaillen und die schwülstigen Reden vom tapferen Soldaten und seinem heldenmütigen Opfergeist. Es kam dann irgendwie heraus, wie ich damals im Winter eine SS-Schar vernichtet haben sollte. Ein Gerichtspsychiater fand heraus, daß mein obszönes Verhalten als die verspäteten Nachwirkungen eines Frontkollers zu bewerten sei. Und die Sache wurde vertuscht. Ich bekam sogar eine Medaille nachträglich ins Haus geliefert. Ich hängte sie ins Klo.

Ich hing monatelang herum. Dann kam sie, Lucy. Wir hatten uns in Paris kennengelernt, anläßlich meiner Premiere. Dann kam sie, pariserisch kokettierend, von einer Parfümwolke umhüllt. Wir haben geheiratet. Warum? Es ist einfach so, daß man sich eines Tages sagt: So, jetzt ist genug herumzigeunert, jetzt mußt du deinen Koffer irgendwo hinstellen und ausräumen. Alt genug wärst du jetzt, wenn's nicht schon zu spät ist. Am späten Abend nicht mehr allein in deiner Stube hocken mit dröhnendem Schädel nach einer Elefantenfußexpedition. Wir haben also geheiratet, ich glaubte sie zu lieben, sie glaubte mich zu lieben, glaubte auch meine Provinz zu lieben, oder vielmehr das Klischee, das von ihr seit 1870 in Frankreich gepflegt wurde, und sie vernarrte sich in die Altstadt. (Als sie nach einiger Zeit die Wirklichkeit unserer Pseudo-Exotik entdeckte, war es allerdings mit dieser Hinneigung vorbei!) Wir lernten die Kunst des Puppenspiels, denn wir hatten da eine Marktlücke entdeckt. Dann tingelten wir durch die Provinz, verführten dialektophone Kindergenerationen und trieben ihnen mit unseren Polichinels die Muttersprache aus der Seele.

Ich ging nur noch einmal in den Elefantenfuß. Es war im Mai 1954. Die Schlacht von Diên Biên Phu war verloren. Wir saßen da, ein paar Ehemalige, Damalsdabeigewesene und Nie-wieder-Dabeiseinwollende, Angeekelte, Freigeschwommene und tranken auf Ho Tschi Minh. Überlaut, wie es sich gehört für Antimilitaristen. Auf Ho Tschi Minh! Auf General Giap! Nein, sagte einer von uns, ein General? Soll sie doch alle der Teufel holen! Ja, sagte ich, soll sie doch der Teufel holen, alles was eine Uniform trägt!

Wir hatten sie nicht bemerkt. Wir bemerkten sie erst, als einer von ihnen aufstand, in der hintersten Ecke der

Kneipe: Fremdenlegionäre. Dieser eine kam durch die Rauchschwaden auf uns zu und warf sein weißes Käppi auf den Tisch. Mutti Elefantenfuß kreuzte sofort auf, ihre Nasenspitze war weiß geworden. Der Legionär schob sie zur Seite. Er sprach mit schneidender Stimme auf französisch mit deutschem Akzent: Einer von euch steht auf und geht mit mir hinaus. Er zeigte auf mich. Mutti Elefantenfuß nahm einen erneuten Anlauf. Jetzt aber stand ich auf, schob sie weg und sprach großmäulig: Ja, ich geh' mit hinaus. Eure Sorte kenn' ich von früher. Die Abrechnung, die letzte, steht noch offen.

Wir sind hinaus. Ich landete meinen ersten Hieb auf sein linkes Auge. Dann aber hagelte es Schläge auf mich, daß ich niederstürzte. Als ich unter ihm lag, erkannten wir uns im Scheinwerferlicht eines einparkenden Wagens. Jupp! schrie ich. Peter! schrie er, du verdammter Hund! Jetzt zahlst du's mir heim! Warte, sagte ich, zuerst wird das ausdiskutiert. Er zog mich am Kragen hoch und schleifte mich zu einer Bank.

– Soll ich ihnen sagen, Jupp, was für einer du warst? In diesem galizischen Dorf und anderswo? Oder willst du ihnen sagen, was du für einer warst, in Indochina? Du kommst doch von dort, nicht? Und wohin willst du noch gehen, wo willst du noch schießen und morden? Wir haben noch andere Kolonien, die es zu befrieden gibt! Du Handwerker des Verbrechens! Damals war es für den Führer und das Herrenmenschentum, und heute? Ich schäme mich für mein Land, daß es solche Leute wie dich auf ein Volk losläßt, das nichts weiter will als seine Freiheit!

– Halt 's Maul, schrie er. Du Kameradenverräter! Du Kameradenmörder! Du elendes Schwein! Würdest sogar noch dein eigenes Vaterland verraten, wie ich vorher festgestellt habe!
– Du weißt warum, Jupp, bellte ich zurück. Du wirst mich aber nie begreifen, so wie ich dich nie begreifen werde. Also geh deines Wegs. *Et fous-nous la paix!*
Wir schwiegen lange, dann sagte er mit düsterer Stimme: Komm, wir saufen eins. Aber doch nicht in diesem Zustand! erwiderte ich. Doch, in diesem Zustand, knurrte er. Er hielt sich das Taschentuch aufs Auge. Wir torkelten in das Lokal hinein. Die Legionäre, die an der Tür gestanden hatten, um niemanden hinauszulassen, wichen zurück. Wir gingen zur Theke, stützten uns auf. Die Mutti kam mit einem nassen Lappen und tupfte unsere Gesichter ab. Dann soffen wir, stumm, einen jeden mit unmißverständlichem Blick abweisend, der Mienen machte, uns Fragen zu stellen. Kein Wort fiel mehr zwischen uns. Ich weiß nicht mehr, wie ich nach Hause fand.
Ein paar Tage später stand in der Zeitung etwas über eine Ordensverleihung in der Fremdenlegionärskaserne. Auf dem Foto entdeckte ich als Flügelmann im vordersten Glied den Sergeanten Jupp Leining, Kriegskreuz, Militärmedaille und sonstiges Blech auf der Heldenbrust. Ich suchte vergebens nach der Nahkampfspange, dem EK I und den Runen. *C'est toujours la guerre,* sagte ich zu Lucy. Ich ging nie mehr in den Elefantenfuß.
Da stand eines Tages Osmo Heiskari vor meiner Tür, Baseballmütze, riesige Sonnenbrille, Vollbart, Hawaii-

Hemd, fast hätte ich ihn nicht wiedererkannt. Meine Adresse hatte er von Antti Wiio. Schon lange alles erledigt, sagte er. Kaum vierzehn Tage nach deiner Abreise. Dann bin ich ab nach Kanada. Hause am Großen Sklavensee. Hab' ein Abenteuertouristik-Unternehmen aufgebaut. Kommst mal 'rüber. Herrliche Kanufahrten bis zum Mackenzie! Muß man erlebt haben!
- Hast du ihn gefangen, Osmo?
- Ja, ich hab' ihn in die Moore hineingejagt. Die Moore schweigen ewig. Weißt du, er wußte, daß ich kommen würde. Er hatte es nämlich auch auf mich abgesehen, und das wußte wiederum ich. Wieso ich das wußte? Da frag' besser nicht danach.
- Hast du ihn ...
- Nein, im letzten Moment hab' ich ihm ein Seil hingeworfen und ihn herausgezogen. Was die Polizei dann mit ihm angefangen hat, weiß ich nicht. Wahrscheinlich haben die ihn diplomatisch über die Grenze abgeschoben. Einmal muß es doch aufhören, nicht? Und du, was tust du jetzt? Kommst du mit nach Kanada?
- Nein, Osmo, hab' meinen Seesack hergegeben.
- Versteh' schon. Eine schicke Puppe hast du da, gratuliere! Schade, daß ich mich nicht mit ihr unterhalten kann! Wo hast du sie aufgegabelt, du Glückspilz?
- Die Frage ist, wer hat wen aufgegabelt!
Er kramte eine Flasche Aquavit aus seiner Reisetasche.
- Ich war auf einen schnellen Trip oben in der alten Heimat, lachte er, hab' uns da was mitgebracht, Medizin gegen das Heimweh!
- Und wie geht es dem guten Antti Wiio?
- Ist ein behäbiger Bürger geworden, hat strammen

Nachwuchs. Wird dir wohl auch bald so ergehen, was? Wir tranken schweigend. Dann sprachen wir von Mauri. Osmo erzählte mir von seiner Brunftzeit, die jedes Jahr seit Kriegsende im Juni ausbrach. Dann begann der zottelige eisgraue Elch seine brünftige Wanderung durch die Wälder. Vielerorts wurde er erwartet. Er zog hinauf bis in die norwegische Finnmark. Er soff Schnaps mit den Samen, wühlte sich durch die Leiber der Saminnen – ich möcht' mit fünfzig noch seine phantastische Potenz haben! – vernaschte unterwegs auch manche südländische Touristin, ihnen auf diese Art urweltliche Orgasmen verschaffend, kam aber regelmäßig Mitte Juli zum See zurück. Denn da erwartete ihn die Schwedin Gunilla, mit einem phantasielosen Professor aus Lund verheiratet, der jedes Jahr vor dem nordischen Sommer ins winterliche Neu-Seeland floh und dort die Psyche der Maori studierte.

Nachdem Mauri kopulierend durch die Tundra gerannt war, seinen sexuellen Trieben ungehemmten Auslauf gegönnt hatte, kam nun die große Zeit der Liebe. Wie sie einander getroffen hatten, wollte er Osmo nie verraten. Er behandelte Gunilla wie ein rohes Ei, betete sie an wie eine Göttin. Wenn sie Liebe machten, mußte es wie eine Kulthandlung gewesen sein. Nein, sie blieben nicht in der Blockhütte, sie fuhren über den See, sie lebten auf dem See, und er trug sie auf Händen, der tollpatschige Bär sie, das zartgliederige goldblonde, goldbraune Geschöpf, die mindestens fünfzehn Jahre jünger war als er. Mitte August verschwand sie wieder. Dann saß Mauri tagelang vor seiner Hütte und träumte, ging auch sonntags in die orthodoxe Kirche, sogar aus der Bibel las er. Wenn dann die Tage kürzer wurden, fand er wieder zu seinem normalen Leben zurück.

– Ich hab' ihn einmal überrascht, Osmo, wie er vor einem Foto kniete, wie vor einer Ikone. War das Gunilla? Es war kurz bevor er verschwand. Zuerst faßte er mich zornig am Hals, dann wurde sein Blick milde. Frag' nicht nach ihr, Sohn, sagte er. Und nach einer kleinen Weile: Ich wünsch' dir das gleiche Glück, Sohn ... Da muß ich noch etwas loswerden, Osmo. Ich werde für ein paar Tage verschwinden, sagte er mir. Eine lebenswichtige Angelegenheit. Sag' aber Osmo nichts davon, er ist nämlich ein Hitzkopf und würde mir die Sache vermasseln. Ich hätte es dir trotzdem sagen sollen, Osmo. Aber es mußte wohl so sein. Es gibt Rechnungen, die man alleine begleichen muß ... Und es kommt für eine jede der Tag, an dem sie beglichen wird. Ich erzählte Osmo die Geschichte mit Jupp.

– Tja, sagte er nachdenklich, bist du sicher, daß dir nicht noch mal so eine Rechnung präsentiert wird? Auf diesem alten Kontinent haben die Dinge ein furchtbares Langzeitgedächtnis. Deshalb bin ich ja auch abgehauen.
Wir sprachen wie damals ein Gemisch von Finnisch und Englisch. Bleibt er noch lange, dieser Grizzly, mit seiner furchtbaren Sprache? fragte mich Lucy mit gerunzelter Stirn. Daß man ein zivilisierter Mensch sein könne, ohne die französische Sprache zumindest zu verstehen, das wollte sie partout nicht begreifen. Trotzdem umkurvte sie ihn mit der ihr eigenen unnachahm-

lichen Grazie. Seine urwüchsige Männlichkeit mußte ihr imponiert haben.
Der Grizzly verließ uns am nächsten Morgen.
Der frenetische Wind wirbelt draußen wie ein tanzender Derwisch. Schrille Vokalisen und dazwischen metallische Hurrahs und Urrääs. Der Hagel fegt über mein Dach wie Maschinengewehrgarben. Die hohen Gräser vor meinem Fenster wogen wie hunderttausend gefällte Lanzen. Innen ist es mir behaglich wohl. Ist noch Bourbon da? Nein, aber ein Rest Aquavit. Dazu gehört Musik. Glenn Miller spielt *Stormy Weather*. Ich tanze mit Ursula, ich tanze mit Susan. Tanze ich mit Lucy? Ich tanze mit Liv ... Mein junges Spiegelbild lächelt mir zu. *Rest and be thankful*, sag' ich zu ihm.

LUCY

Wie war es doch damals, 1952, als wir heirateten. Erinnere dich an dieses schlößchenartige Mairiegebäude in dieser sonst eher tristen Pariser Vorstadt – wie hieß sie schon wieder? *Belle-maman* hatte darauf gedrungen, die Hochzeit dort zu feiern, des Schlößchens und des Parks mit dem Lotusteich wegen, der es umgab. Es waren wohl an die fünfzehn Paare, die an jenem Samstag morgen im Schnellverfahren getraut wurden. Als der Standesbeamte meinen deutsch klingenden Namen ablesen sollte, stutzte er zuerst, dann stolperte er so über meine teutonische Konsonantenfolge, daß ich laut gluckste. Lucy stieß mir den Ellenbogen in die Rippen, *Beau-papa* räusperte sich mißbilligend und der Beamte errötete.

Dieser Name überhaupt, dieser unmögliche Name Stampfler, ich hatte ihn daheim zurückgelassen, hab' ihn dort verbrannt in den Ruinen des Elternhauses, oder hab' ich ihn in die versumpfte Kiesgrube geworfen, damit er dort fossilisiere? Nur die erste Silbe Stam hatte ich behalten und nach Paris mitgebracht: S-tam, klingt exotisch, aber nicht deutsch, *n'est-ce-pas?* Als die Familie, inklusive Lucy, die patronymische Wahrheit erfuhr, kam kaum verhohlener Unwille auf. Ich mußte versprechen, so schnell wie möglich eine Namensänderung zu beantragen, schon der Kinder wegen, die man von uns erhoffte. Na ja, der Stampfler ruht seitdem im Archiv, wir firmierten öffentlich unter Pierre und Lucy Stam, und Kinder wollten keine kommen. Haben wir eigentlich Kinder gewollt?

Zur Hochzeit zurück: ich sehe die fünfzehn Paare um den Lotusteich herum aufgestellt für's Foto, *Belle-maman* mit monumentalem Hut, *Beau-papa* mit Melone – er gab sich gerne *british,* obwohl er kein Wort Englisch sprach. *Belle-maman* schnattert, hat zu dick Rouge aufgetragen, bekleckert damit jede Wange, die sie abküßt, *Beau-papa* zupft sich vor Aufregung immer wieder am Adolphe-Menjou-Oberlippenbärtchen.

Lucy? Wo ist Lucy? Ich seh' sie nicht. Doch, da ist der Schwanenhals, da schwebt sie in Weiß und Rosa mit grazilen Armbewegungen über den Rasen, kleine, spitze Schreie ausstoßend, als der Schleier an einem Rosenstock hängenbleibt. Und ich seh' die Sommersprossen wie Goldpailletten matt glänzen, eine sitzt ihr auf der Nasenspitze, jetzt pudert sie sie weg, schade, ich mag sie so, diese Pailletten.

Und der Hochzeiter? Steht da steif und weiß nicht wohin mit den Händen. Steht da etwas traumverloren, als sähe er sich selber zu, wie er Hochzeit hält mit einer schicken Pariserin. Trägt einen dunkelblauen Anzug, der Kragen zu eng, die Lackschuhe drücken. Denkt plötzlich an Liv, verscheucht sie wieder, fragt sich: Wie bin ich denn zu Lucy gekommen? Und hört *Belle-maman* ihm zuflüstern: Sie haben eine schöne Frau geheiratet, *mon fils, cultivée et française.*

Soll ich mir das *mon fils* verbitten? Was sagst du dazu,

Mama Stampfler? Ich suche meine Mutter, überfliege Frankreich, schwebe über dem Dorf, doch das Haus ist verkohlt. Stampflers gibt's keine mehr. Und *Bellemaman's* Hand streicht über dein Haar. Du hättest Lust, diese mit Ringen überladenen Finger abzuschütteln. Es ist zu spät. Es ist zu spät.

Ich liege neben Lucy im Ehebett. Sie schläft. Ich stütze mich auf, orientiere meine Leselampe auf ihr Gesicht. Wie ich dieses immer noch schöne Gesicht doch kenne: jedes Härchen, jedes Fältchen, jede Pore, die Konfiguration jeder Sommersprosse, mal Pünktchen, mal angewinkeltes Rechteckchen, mal Zerfasertes, mal in das gehauchte Rosa ihrer Wangen Zerfließendes. Wie vernarrt ich doch immer noch in diese Sommersprossen bin. Lucy haßt sie, in ihren depressiven Momenten, zu nordisch seien sie, zu germanisch. Irisch eher, belehre ich sie dann, keltisch. Und sie lächelt, mit sich selbst versöhnt, bis zum nächsten Zweifel.

Bin ich nicht auch ein Germane? Warum hast du mich dann geangelt? fragte ich sie einmal. Du bist ein Findling, antwortete sie ernst – was sonst nicht ihre Gewohnheit war – du bist ein erratischer Block, wer weiß welchem urzeitlichen Massiv entrissen und von unbekannten Kräften durch Europa gewälzt. Und die Unruhe ist immer noch in dir, ich spür's. Ob ich dich werde halten können?

Wie lange sind wir schon zusammen? Silberne Hochzeit müßten wir eigentlich feiern. *Beau-papa* und *Bellemaman* drängen drauf. Sie feiern so gern Familienfeste. Mich öden sie an, diese Clan-Treffen, auf denen man

die Zusammengehörigkeit mit aufgepuschter Fröhlichkeit zelebriert. Schwäger und Schwägerinnen mit der Kinderschar, die man sich stolz herumreicht, die älteren abküßt, die Babies ablutscht, und da immer was zu feiern ist, trifft man sich regelmäßig, und *Beau-papa* zaubert am Küchenherd und *Belle-maman* trällert Koloratur, und Schwiegersohn Arnaud, Börsenmakler, gibt Judenwitze, Bochewitze und Pfaffenwitze zum besten. Warum denn der Pierre immer so ernst ist, so schwerblütig, warum taut er nicht auf in dieser familiären Nestwärme? Ich hasse sie, diese nach Béchamel stinkende Backofenwärme, diese schnatternde, auf Pariser Oberflächlichkeit gleitende und pirouettierende Geschwätzigkeit. Sie nennen das *art de vivre*. Vielleicht haben sie recht. Ja, sicher haben sie recht. Und ich trinke mir einen Rausch an, um aus meiner inneren Beengtheit rauszufinden, aber *Beau-papa* sagt, seinen Tadel mit *crème fouettée* umhüllend: Du kannst nicht trinken, mein Sohn, Trinken soll Genuß sein, nicht Berauschung. Als *artiste* solltest du das wissen.
Ich solle mich nach und nach gebessert haben, hieß es später. Ich spielte ihr Theater mit, wie man's halt auf der Bühne spielt, und nach einer Stunde Auftritt zog ich mich, mit Applaus bedacht, auf irgendein Zimmer zurück und schlief auf einem Bett oder Sofa ein.
An jenem Abend dann im Ehebett, die Leselampe auf Lucys Gesicht gerichtet, die liebliche Landschaft betrachtet, die Wege und Pfade entlanggeglitten, in Mulden geruht, Flaum angehaucht, Sommersprossen angelächelt, und dann plötzlich durchfährt es mich, wie fremd eigentlich doch dieses Gesicht, diese Frau mir

ist. Ich kann es mir nicht erklären. Ich muß eine Antwort haben, sofort, ich muß das Gesicht aus seiner Erstarrung lösen. Ich wecke sie, stammle irgendeinen Grund. *Qu'est-ce-qu'il y a, mon chéri?* fragt sie gähnend. Und jetzt, da sie spricht, da ihre Geographie in Bewegung gerät, wird sie mir wieder vertraut, als intimer Teil meines Lebens. Du bist du, und ich bin ich, denke ich, und es gibt eine Brücke zwischen dir und mir, wo wir uns treffen, wo wir uns lieben, wo wir uns manchmal auch hassen. Ich küsse ihren Mund. Pardon, sage ich, daß ich dich geweckt habe. Sie lächelt und eine Sekunde lang streift mich die Offenbarung ihres Ichs. Dann schließt sie die Augen wieder. Und ich frage: Wer bist du? Denn die vermeintliche Offenbarung erscheint mir nun wie ein Trugbild. Und wer bin ich?
Ich stehe auf, gehe ins Bad, schaue in den Spiegel. Bin ich das? Heute Fotos abgeholt, die wir kürzlich gemacht haben. Bin ich das? hab' ich Lucy gefragt. Was sagt der Spiegel? Ich konzentriere mich auf meine Züge und erkenne plötzlich: Es gibt von dir zwei Abzüge, der eine, reelle, den die Fotos dir wiedergeben, der andere, der die Summe der Verwandlungen auf einen gemeinsamen Nenner reduziert, auf die Konstante der Grundstruktur. Und beide sind deckungsgleich.
Ich eile ins Wohnzimmer, greife mir die Fotoalben aus dem Regal. Suche mich als 19jährigen, als 25jährigen, als 40-, als 50jährigen. Ja, das war jedesmal ich. Das heißt, das war mal Pjotr, mal Pierre, mal Pit, mal Peetr. Ich befrage sie. Sie beruhigen mich: Ja, das bist du noch. Im Moment darauf bezweifle ich es aber. Da spricht mich das einzig übriggebliebene Foto meiner

armen Eltern an. Zwei fremde Leute, deren Gene ich in mir habe, von denen ich mich aber heute so entfernt fühle ... und ich erinnere mich, wie ich mich als 18jähriger schon von ihnen entfernt hatte.

Panik ergreift mich. Ich fühle mich in einem leeren Raum um mein eigenes Ich kreisen, die Planeten Lucy, Vater und Mutter als unendlich weit entfernte Lichtpunkte, unerreichbar ... Die Erkenntnis, plötzlich, daß sich jedwede Verbindung, chemischer wie affektiver Art, auflösen könnte in Moleküle des Unbewußten. Dagegen ankämpfen, bevor die Eiseskälte kommt, alles zurückrufen, was war, es fest im Bewußtsein verankern. Das Gewordene mit dem Gewesenen so fest verstricken, daß sie voneinander unlösbar werden.

Der altgewordene Mann fährt sich mit der Hand über die Augen: Ich muß zu Lucy zurück. Ich darf die Geschichte mit Lucy nicht so ohne weiteres abschließen. Es muß gesagt werden, daß wir uns liebten, daß wir uns auch oft stritten, daß wir uns betrogen, daß wir uns verziehen, daß wir uns dann so langsam auseinanderlebten. Zwei Jahre nach der Silbernen Hochzeit brach ich endgültig aus. Feinfühlig wie sie war, hatte sie mir die Gelegenheit dazu gegeben. Ein alternder Beau turtelte seit ein paar Wochen um sie herum, sie schien Gefallen an ihm zu finden. Ich spürte zwar, daß er ihr gleichgültig war, verstand aber, was sie damit bezweckte. Und so schieden wir friedlich voneinander. Wehmut. Lucys schlanker Leib tanzt in den Gardinen. Lucys Lächeln löst sich vom Foto auf dem Klavier, wiegt sich vor mir im leisen Takt. Ich spüre Lucys Atem über mein Gesicht fließen. Ihr Hände kraulen mein

Haar. Ich weiß, es hätte anders sein können. Ich weiß, ich war oft ein unmöglicher Mensch. Ich weiß, diese Pariser Zeit war nicht so leer, wie ich sie mit papiernen Alibis vorhin umgedeutet habe. Erinnere dich an die Ausgelassenheit, an die Freiheit der Bohème, die du in Lucys Schlepptau genossest, wie sich deine Horizonte aufrissen, wie diese phantastische Stadt, wie dieser Ozean von einer Stadt dich von einem Wellengipfel zum anderen trug, schleuderte, dann sog sie dich in sich ein, wie eine pulsierende Vagina, worin du Heimat vermutetest. Hör' ihr betörendes Flüstern, das dich bis in die letzte Faser durchdringt; hör' die Sprache, kristallklar und weich zugleich, hör' dich selber, von dieser Sprache bezaubert, in sie verschossen, heute noch, heute noch ...

Und erinnere dich an die wilden Tage im Mai '68: Ihr berauschtet euch am brillanten Anarchogequatsche in Theater- und Hörsälen. Da hatte sich der Vierzigjährige in einen feuersprühenden Jüngling zurückverwandelt – der er eigentlich nie gewesen war – Versäumtes nachholend, nichtausgelebte, im Unterbewußtsein schon fossilierte Sehnsüchte wachrüttelnd. Das ist's, wonach ich vergeblich suchte, sagtest du dir, das ist TAMIEH! Kein Kokon, keine Geborgenheit, nein, Aktion! Die Zeit des Stumpfsinns ist vorbei! Nieder mit der bourgeoisen Kultur! Alle Macht der Phantasie! Hier werden Utopien zur Realität! (Jesses Gott, wie konnt' ich nur damals ... Fehlten nur noch die Baba-Cool-Latzhosen und das Che-Stirnband!)

Und du ließest dich mitreißen von den kilometerlangen brüllenden, tobenden und tanzenden Bandwür-

mern, du warst wie in Trance, und da hattest du plötzlich einen Pflasterstein in der Hand – oder war es ein Molotowcocktail? Du setztest zum Wurf an – da zog in Blitzesschnelle ein dreiundzwanzig Jahre altes Bild durch dein Gehirn und du ließest den Arm sinken. Dein Nebenmann riß dir das Ding aus der Hand und schleuderte es über die Barrikade. Du drehtest dich um, angeekelt von dir selber, und wolltest die Demo verlassen ...
Aber da sahst du Lucy auf die Barrikade steigen, sie knöpfte die Bluse auf, riß den Büstenhalter weg, schleuderte ihn in die johlende Menge, einer drückte ihr eine rote Fahne in die Hand und so trugen sie Lucy im Triumph durch die Straßen: die Göttin der Revolution. *Belle-maman* schalt sie danach eine Dirne und mich einen Louis. *Beau-papa* hingegen hatte nichts gegen den entblößten Busen, wohl aber gegen den „roten Fetzen". Ja, wenn es die Trikolore gewesen wär', wie auf dem Bild von Delacroix *La Liberté guidant le peuple!* 1830, Pierre, das war was ganz anderes als diese nicht enden wollenden Studentenhappenings! Ruckzuck, in drei Tagen war die Sache erledigt und die neue Ordnung hergestellt! Ich aber flüsterte Lucy ins Ohr, an jenem Abend beim *faire l'amour* in der Theaterloge, während im tumultuösen Saal Resolutionen und Gegenresolutionen durcheinanderwirbelten: *Ma Vénus, mon Aphrodite* ... O Lucy. O die wilde, die verrückte Zeit. Sie dauerte einen Mai. Dann kehrten wir in unser standesamtliches Alter zurück.
Wehmut. Der Wind heult immer noch frenetisch ums Haus. Ich hab' zuviel Aquavit getrunken.

DER ENGEL DES HERRN

– Lüi, dengle mir eine gute Sense, ich will das Margeritenmättel mähen.
– Du? Es ist ja eine Ewigkeit her, daß du eine Sense in der Hand gehabt hast!
– Was man als Junge einmal gelernt, vergißt man nie mehr, Lüi.
– Nimm doch den kleinen Mähbalken, ich bring' ihn dir morgen hin.
– Nix da, ich will von Hand mähen. Das hat was mit persönlicher Ethik zu tun.
– Kenn' das Weib nicht, sollst aber dein Pläsierel haben.

Webermichels Lüi, der Bio-Einödbauer, ist mein einziger Jugendfreund hier. Lüi kümmert sich seit 1952 um mein letztes vom Vater geerbtes Grundstück. Da ist die Kiesgrube, halb versumpft, nur der südliche Teil ist mit einem kleinen Boot befahrbar, in der Mitte des Weihers eine kleine Insel mit einer vom Blitz aufgeschlitzten Eiche, der fünf Meter hohe verkohlte Stumpf steht da wie ein Totem, daneben die mit Efeu bewachsene Ruine einer von Vater gemauerten Laube. Da ist dann das Wäldchen drum herum, hauptsächlich Erlen, dazwischen ein paar Steineschen, Birken und Ulmen. Und da ist das Margeritenmättel mit zwei halb verwilderten Obstbäumen, Herzkirsche und Goldparmäne. Und das Ganze – 2,5 ha – wird von einem undurchdringlichen zwei Meter hohen Bombeeren- und Schlehengestrüpp umgeben. Ein Pfad und zwei Wildwechsel führen hinein, sowie ein Wassergräblein, das als Abfluß dient. Die Gemeinde hat vor ein paar Jahren versucht, das Gelände zu enteignen, aus der Grube sollte eine Deponie für Bauschutt werden. Ich hab' mich mit Händen und Füßen dagegen gewehrt und fand einen unerwarteten Alliierten im Pariser Jagdpächter, einem gewichtigen Politbonzen, denn meine zwei Hektar Wald und Wiese sind ein Refugium für Hase, Wildkaninchen und Feldhuhn, oft kommen auch Rehe vom Bergwald herunter.

Früher Morgen, heute nacht ist Tau gefallen. Ich parke den gemieteten Geländewagen am Waldrand, ziehe die Gummistiefel an, stecke den Kumpf mit dem Wetzstein an den Gürtel und schultere die Sense. Und schon belfert der Häher. Ich lache ihm zu. Wir kennen uns doch, du! Ich komm' doch jedes Jahr mal her, seit meine Pariser Zeit um ist! Er kennt mich nicht und krächzt weiter. Und gleich muß ich mich ärgern: Lüi ist wieder mal mit seinem Traktor hineingefahren und hat mir eine junge Traubenkirsche plattgewalzt!

Vor zwanzig Jahren hat Lüi die Erlen gehauen, jetzt sind sie schon wieder ausgewachsen, haben den richtigen Durchmesser für Kaminholz. Wird aber nicht geschlagen, ich habe nicht mehr genügend Zeit vor mir, zu warten, bis aus dem Kahlschlag wieder ein Wald wird. Auch die kerzengerade, zwanzig Meter hohe mächtige Steinesche bleibt mir stehen, obwohl Lüi schon einen Käufer dafür hätte. Aber gelichtet muß wohl werden, da kann sich mein Freund sein Winterholz holen.

Da liegt das Mättel, wie jedes Jahr wieder weiß von Margeriten, darunter einige Klatschmohninseln. Ich wetze das Sensenblatt, ich hole aus, die Sense fährt ins tauschwere Gras wie in Butter. Schwaden nach Schwaden, im gleichmäßigen Rhythmus: ich kann's noch, Vater! Nach zehn Minuten aber fängt der Rücken an zu schmerzen. Vater lacht: Ja, die Stadtleut'! Ich setze mich unter den Apfelbaum. Und Vater sagt: Wir haben hier ein fast südländisches Mikroklima. Wir sollten's mit Aprikosen versuchen, oder sogar mit einem Mandelbaum? Vater hatte manchmal solche Träume ... oder waren es Sehnsüchte? Dann kamen Hitlers.

Während der Kampfhandlungen blieb die Kiesgrube sonderbarerweise verschont, es nisteten sich hier keine Deutschen und keine Amerikaner ein. Es wurde auch nicht hineingeschossen. Nur zwei blutjunge deutsche Deserteure hatten sich dort versteckt. In der Nacht nach dem Einrücken der Amerikaner schlichen sie sich auf Webermichels Hof, dort stellte sie der Hund. Sie gaben an, schon seit über einer Woche in der Insellaube auf das Ende gewartet zu haben, gelebt hätten sie von in Schlingen gefangenen Kaninchen, die sie am verdeckten Feuer brieten. Ja, sie hätten sich dort sicher gefühlt wie in Mutters Schoß. Sie hätten sogar ihren Spaß dabei gehabt, wenn sie nachts im Mondschein in unserem kleinen Boot auf dem Wasser trieben und träumten, während jenseits dieser Insel des Friedens die Schlacht tobte. Nur saukalt war es zeitweilig. Ob sie nicht hier bleiben könnten, bei ihnen zu Hause in Masuren sei der Iwan, die Familien verschollen, und als Deserteure möchten sie nicht mehr nach Deutschland zurück. Webermichels versteckten sie noch ein paar Tage und übergaben sie dann den nachrückenden französischen Gendarmen. Sie kamen in ein Arbeitskommando ... und sind immer noch da, zufriedene französische Rentner, nun. TAMIEH hat sich für sie gelohnt.

Ich lege die Sense hin. Soll Lüi doch mit seinem Mähbalken weitermachen. Ich geh' ins Wäldel, mannshohe Brennesseln versperren mir den Weg. Ich hole die Sense wieder und mähe mir einen Schlangenpfad, wie damals. Lüi wird fluchen, wenn er die Scharten im Sensenblatt bemerkt. Da steht ein Schwarzdorn, da wuchert ein Weißdorn, ein Holderstock kämpft gegen eine Erle an, junge Weiden haben sich eingenistet, an der Steinesche klettert Efeu hoch. Und vom hohen Laubdach fallen mir Erlenblattkäfer violett glänzend auf Hut und Hemd. So war es, so ist es noch und so wird es bleiben, solange ich lebe, Vater.

Wie damals, es war 1979, nach dem letzten und definitiven Ausbruch aus meiner Pariser Ehe. Es war mir, als könnte unsere Menschengeschichte hier von Neuem beginnen. Ich sah mich nackt aus dem Schlamm kriechen, in den mich der Weltuntergang geschleudert hatte, und Ausschau halten nach einer Insel, auf die ich mich retten könnte. Es war mir, als käme der Engel des Herrn und haute mir mit seiner Machete einen mäandernden Pfad durch den jungen Urwald. Sein Haar wäre schwarzviolett mit Erlenblattkäfern besät und seine Langschäfter mit Schnecken. Hinter mir würde die Frau schreien. Tanja? Eileen? Lucy? An der Margeritenwiese würde er halt machen. Dort würde er seinen Sack mit Immen und Vögeln und allerlei Getier ausschütten und sagen: Freut euch am Gezwitscher und Gesumme, und der Honig süße den Sang eurer Lippen, und esset die Kirsche für die Lust und den Apfel für die Kraft.

Ich ruderte zur Insel hinüber, zündete der Mücken wegen ein Feuer an und sagte mir: Wär' das nicht ein Sujet für ein Ballett?

Und der Engel sprach: Schaut nun, wie ihr mit euch zurechtkommt. Wir schauten uns an und fanden uns schön, wir kamen uns näher und berührten uns, die Margeriten empfingen uns, und die Kirsche wanderte von Mund zu Mund. Machen wir uns eine Ewigkeit draus, sagten wir zueinander.

Doch bald kannten wir uns auswendig, jedes Härchen, jedes Fältchen, jeden Schimmer der Haut, und wir wurden der Margeriten überdrüssig, wir mieden die Kirschen und zogen die Äpfel vor, bald auch war uns das Getier lästig. Wir fingen den Fuchs ein und das Wildpferd und zogen ihnen das Fell ab und kleideten uns damit, denn wir konnten des anderen Nacktheit nicht mehr ertragen. Und dann saßen wir uns stumm gegenüber. Wir hatten uns nichts mehr zu sagen. Und wir trennten uns. Am Ausgang zur Welt stand der Engel des Herrn, er ließ uns vorbeigehen. Ich hörte ihn, wie er wehmütig sprach: Und ich glaubte, ihr liebtet euch. Lachte ich?

Das Sujet hat nichts gegeben. Es kam wieder aus Paris

zurück, zu kitschig, *trop allemand*. Und es gibt ja keine Erlenblattkäfer in Paris.
Tanja/Eileen schütteln den Kopf: Wir sind immer noch dort, wo du uns zurückgelassen hast, Pjotr/Pit. Wir werden für immer dort bleiben. Und auch Lucy wird eines Tages bei uns sein. Vielleicht gibt es eine Ewigkeit, Pierre, in der die glücklichen Stunden mit uns wiederkommen werden, multiformer Pjotr/Pit/Pierre, wenn die Zeit aufgelöst, und ein jeder von dir mit einer jeden von uns sich in den Sonnenblumen, in den Margeriten, am Seerosenteich gegenübersitzen, einander in die Augen versenkt, und der Engel des Herrn schaut schmunzelnd zu. Und die schwarzen Stunden, die der Feigheit, die des Verrats, die der Flucht? frage ich. Haben sie dich nicht mehr verwundet als uns? antwortet die Stimme. Wessen Stimme? War es nicht meine andere Stimme, die nie um Alibis verlegen ist?
Aber wo ist Liv?
Ich kratze das Moos vom Stein, der uns als Bank diente. An der Vorderfront eingeritzt, kaum lesbar noch, Vaters Initialen und das Datum: 1939. Der große Mann mit den milden Augen. Er hatte als Kolonialsoldat, dann als Kanal- und Rheinschiffer schon ein Stück Welt gesehen: Marseille, Algier, Tamanrasset, Basel, Köln, Rotterdam, Paris; dann verschlug es ihn hierher. Mutter ertrug das Herumzigeunern nicht mehr, wie sie sagte. Vater, den sie „Schiffischer" nannten, den sie fühlen ließen, daß er nicht so richtig zu ihnen gehörte. Vater, der naiverweise bei Hitlers einstieg und den Ausstieg zu spät fand, da halfen sogar Mutters endlose

Rosenkränze nicht. Mein betörter, unglücklicher Vater mit den milden Augen.

An jenem Engel-des-Herrn-Tag im Erlenwald erfuhr ich, wie es sich im März 1945 zugetragen hatte. Beim Lüi saß der alte Hansonkel. Pierre, sprach er, du mußt es endlich erfahren, wie deine Eltern umkamen. Ich werde es wohl nicht mehr lange machen. Lungenkrebs, nächste Woche komm' ich unters Messer.
Er trank sein Glas aus, stopfte umständlich seine abgenuckelte Pfeife, sein fahles, verwittertes Gesicht legte sich in hundert Falten. Ihr solltet nicht rauchen, sagte Lüi. Ach was, antwortete der Hansonkel, darauf kommt's jetzt nicht mehr an.
Und dann kam es stockend aus ihm heraus, als legte der Alte mit einem schweren Hammer Schicht um Schicht diesen fossil gewordenen, verhängnisvollen 17. März 1945 frei.
Ich weiß nicht mehr, sprach er, wie das Wetter war. Märzwetter, halt ... Die Front wummerte, aber das waren wir ja gewohnt. Wir merkten, daß sie näher kam, auch das hatten wir schon mal erlebt ... Daß dann plötzlich Amerikaner im Dorf waren und Weihnachten und Neujahr mit uns feierten ... Und vierzehn Tage später waren wieder die Deutschen hier. Aber das weißt du ja ... Ja, ich weiß nicht mehr, wie das Wetter war. Es muß naßkalt gewesen sein, Märzwetter halt ... Wir warteten auf euch, aber ihr seid nicht gekommen ... Die Front hatte sich fünf Kilometer von hier festgefahren.

Und dann wurden wir beschossen, kein Haus, das nicht irgendwo getroffen wurde. Bei uns ist eine Granate durchs Schlafzimmer, ist auf'm Hof explodiert ... Na ja, du hast das ja nachher selber gesehen ... Da brachten die Deutschen eines Tages einen schwarzen Gefangenen mit. Er blutete am Oberarm, es war der rechte, wenn ich mich gut erinnere. ... Sie sperrten ihn ins Spritzenhaus ... Du weißt, hinter unserem Anwesen ... So ein runder, feister Kerl war's, mit gutmütigem Blick, hat so mit dem Kopf gewackelt und eine sonderbare Melodie dabei gesummt ...

Man vergaß ihn dort augenscheinlich, inzwischen war die Truppe auch ausgewechselt worden. In der Nacht gab's wieder Artilleriebeschuß. Als Hansonkel am frühen Morgen in den Stall ging, um die Kuh zu melken, die die halbe Nacht durch gebrüllt hatte, stand der Schwarze plötzlich vor ihm im Halbdunkel. Hansonkel hob flehend die Arme hoch: *Okay, okay,* stotterte er, das war sein ganzes amerikanisches Vokabular. Der Schwarze grinste: *Milk, milk!* sprach er halblaut. *Okay, okay,* wiederholte Hansonkel, setzte sich auf den Schemel und begann zu melken. Plötzlich hörte man draußen deutsches Unteroffiziersgebrüll. Da riß der Schwarze dem Hansonkel den Eimer weg, trank gierig daraus und verkroch sich in einen Heuhaufen.

Ich hab' ihm auf französisch gesagt: Keine Angst, ich dir helfen. Ich glaub', er hat mich verstanden. Aber wohin mit dem armen Hund? Bei uns konnte er nicht bleiben. Da kommt's mir ein, daß bei Stampflers ein solider Keller ist und in diesem Keller ein gemauerter Verschlag, dort wär' er gut versteckt, bis die anderen

kommen, solange wird's ja nicht mehr dauern, hab' ich mir gesagt. Und beim Stampfler wird man ihn nicht suchen, der Stampfler ist doch in der Partei.
- Stampfler, du mußt ihn verstecken, das ist Christenpflicht.
- Das gilt genauso für dich, Hans.
- Bei mir wird man ihn suchen, bei dir nicht, wenn du die Uniform anziehst.
- Nein, Hans, ich zieh' die Uniform nie wieder an. Vergiß nicht, daß ich mit denen gebrochen hab'. Das weiß man im Dorf.
- Deine ehemaligen Genossen sind schon alle durch den Raps, und die Soldaten wissen das nicht. Zieh die Uniform an, Stampfler, du mußt ihn 'rausholen, sonst geht er drauf. Du bist der letzte vom Verein hier, und wenn du den Schwarzen da 'rausholst, das wird dir dann gutgeschrieben werden. Wenn nicht...!
- Keine Drohung, Hans, wofür ich dann gradzustehen hab', da steh' ich grad dafür. Aber wir holen ihn 'raus, und du hilfst mir dabei.

Vater zog seine PG-Uniform an und ging mit Hans zurück. Da er ein paar Brocken Englisch konnte, erklärte er dem Schwarzen, was sie vorhatten. Sie packten ihn in Stroh, luden ihn auf Hansonkels Kippkarren und brachten ihn unbehelligt die hundert Meter bis zu unserem Haus. Mutter verband seine Wunde, Vater führte ihn ins Versteck. *God bless you,* murmelte der Schwarze und wackelte mit dem Kopf.

Ich hab' mir diese Worte gut gemerkt, Pierre. Ich werde sie nie vergessen. Das heißt, Gott segne euch, Pierre, aber was sag' ich da, du kannst ja Englisch ... Beim

Artilleriebeschuß in der Nacht hatte ein Splitter die Tür des Spritzenhauses aufgeschlitzt, so daß der Neger entfliehen konnte. Eine Patrouille wurde aufgeboten, um ihn zu suchen. Sie kamen zuerst zu mir. Ich hab' natürlich nichts gehört und nichts gesehen. Da fanden sie Blutspuren im Stall. Ob ich immer noch nichts gesehen und gehört hätte, schrie mich der Offizier an. Wenn du nicht mit der Sprache herausrückst, laß' ich dich auf der Stelle aufknüpfen! Da, an deinem Birnbaum!
Was sollte ich tun? Ich bettelte um Gnade ... Er gab sein Wort, mich am Leben zu lassen, wenn ich ... Und dann ... und dann ...
Sie fanden den Schwarzen im Keller, gerade als der letzte, schwerste Artilleriebeschuß einsetzte. Da sie keine Zeit mehr hatten zu einer ordentlichen Exekution, entlud der Offizier einfach sein Magazin auf Vater, Mutter und den Schwarzen. Hansonkel entwich laut schreiend. Der Offizier schoß ihm nach, traf ihn aber nicht. Kurz danach erhielt das Haus einen Volltreffer. Ein vorbeifahrender mit Treibstoffkanistern beladener Lkw explodierte dabei, und das brennende Benzin ergoß sich in den Keller hinein. Alles brannte vollständig aus. So war es also.
- Hatte der Schwarze ein Ziegenbärtchen und einen Goldzahn, Hansonkel?
- Ich erinnere mich an den Goldzahn, oben in der Mitte. Sag', hast du ihn gekannt?
Das konnte nur Fats gewesen sein. Aber war der nicht wenigstens eine Woche vorher in seinem Panzer verbrannt? Haben mich meine Erinnerungen getäuscht?

Oder hatte sich Fats vom Krieg abgesetzt und war dann doch in des Teufels Klauen geraten? Und TAMIEH lag doch so nahe ... Hätte ich ihm doch davon erzählt! Aber damals hatte ich noch keinen Draht zum Engel des Herrn ...
- Hansonkel, dieser Schwarze war mein Freund. Er konnte so schön Klavier spielen.
- Verzeihst du mir, Pierre?
- ...
- Sag, verzeihst du mir, Pierre?
- Wer von uns hat kein Blut an seinen Händen?
So war es also, Vater, Mutter. Wie sich doch die Verbindung zu euch wieder hergestellt hat. Ob es aber nicht zu spät ist? Nein, sagen die Stimmen von drüben in mir, die Verbindung war überhaupt nicht unterbrochen, nur hattest du sie nicht wahrgenommen, aus welchen Gründen auch immer. Schade nur, sag' ich dann, Vater, Mutter, daß ihr Fats Collins' irre Pianoläufe nie gehört habt, schade.

Ich rudere durch den grünen Baggersee. Libellen im rasenden Flug. Ein kurzes Krächzen des Eichelhähers. Dann wieder die absolute Stille. Ein Frosch auf einem Blatt der Teichrose. Der grauglänzende, dicke, schnurrbartbewehrte Kopf einer Bisamratte strebt dem Ufer zu. Dort erblicke ich den Engel des Herrn, er hat Hawkeye's Bogennase und steht da, die Arme verschränkt, unbeweglich wie eine Statue. Ich ziehe das Boot an Land, lege die Zeltplane drüber und zurre sie fest.

Dicke, schwarze Wolken ziehen am Himmel auf, der Tag verdunkelt sich. Ich gehe langsam auf meinem Schlangenpfad zurück. Und da stehen sie alle herum, zwischen den Erlen, Eschen und Weiden, in den Brennesseln und dem Dornengestrüpp, stumm grinsend: Fats, Hawkeye und Boaz, Gisa und Mauri, Theo, der alte Lehrer, Vater, Mutter und der Hansonkel ... Alle haben nach TAMIEH gesucht und keiner hat's je gefunden. Weiß jemand überhaupt, wo es liegt? Vielleicht die zwei Masuren? Aber auch für sie war es sicher nur Surrogat.

SCHANG

Der Weg verläuft am Fuß des Bahndamms. Schnurgerade und endlos beide. Dann und wann legen sich Ortschaften quer, legt sich ein Hügel quer, legt sich am Ende der Geraden der Berg quer: sie werden durchschnitten. Die Gerade ist unbeirrbar; sie zwingt uns Mäanderwanderer in andere Fluchtkategorien.
Der Hund grätscht auf einer gefrorenen Lache.
Schnellzüge kommen geschlichen. Die schleichen immer so bei Reif und Schnee. Jetzt das lange Zischen, wenn sie an einem vorbeifahren; dann erst braust der Orkan los, eine lange weiße Staubfahne hinter sich herziehend.
Irgendwo fällt ein Schuß. Der alte Schang pfeift seinen Hund her. Bleib auf dem Weg, sagt er zum Hund. Dann zu mir: Die Freiheit ist uns abgezirkelt. Ja. Von Calais bis Basel. Weiter kam unsereiner nicht. Von Paris bis Kehl. Überall bekamst du Grenzen vor deine Nase gesetzt. Dort war die Welt mit Brettern zugenagelt. Kaum daß du durch ein Astloch hinübergucken konntest.
Das ist der TEE, sagt er. Der fädelt Heimaten ein wie bunte Papierschleifen auf einem Drachenschwanz.
Er kennt alle Züge, der Schang. Er war früher Lokführer gewesen, ganz früher, vor dem Krieg schon.

Dann ab 1943 dienstverpflichtet: Munitionszüge gefahren, Heeresverpflegungszüge, Lazarettzüge. Auf der letzten Fahrt schnappten ihn die Russen. Die entließen ihn nach einem Jahr. Dann wieder die heimatlichen Strecken gefahren. Da er aber aus der Gefangenschaft das Zittern mitgebracht hatte, das innere wie das äußere, nahm man ihn nach einigen Jahren aus dem Fahrdienst und setzte ihn als Schrankenwärter ein. Die viele Zeit zum Lesen. Und als er pensioniert war, ließ er sich als Fischereihüter vereidigen. Die viele Zeit zum Denken, von Bachschleife zu Bachschleife.

Mußt nicht meinen, sagt er, Schrankenwärter reisen auch. Jeder Zug nimmt etwas von einem mit, das er dann, Stunden später, Tage später wieder zurückbringt. Und dann merkst du, daß es anders geworden ist. Komm jetzt, sagt er, wir machen Rast.

Wir steigen auf den Bahndamm. Auf dem Abstellgleis, das zur ausgemusterten Laderampe führt, eine Anzahl leerer Güterwagen. Sein Stock spielt Xylophon auf der abgestellten Ferne.

Er erinnert sich, wie er früher, als er ein Kind war, und auch noch als er bereits ein siebzehnjähriger Bursche war, Botschaften einritzte in die Holzwände, in die Metallwände, in der Hoffnung, sie würden irgendwo entziffert werden, in Paris Gare de l'Est, in Marseille, in Barcelona, in Milano, in Wien-West, in Budapest, in Warschau. Botschaften die seine Sehnsüchte bestätigen sollten, ihn.

„Warszawa" steht auf einem verwaschenen Etikett. Er steigt aufs Trittbrett, zieht die Schiebetür auf, hievt den Hund in den Wagen, setzt sich in die Öffnung, läßt die

Füße im Fahrtwind baumeln und die Landschaften an sich vorbeiziehen.
- Hast du auch so eine Sehnsucht? fragt er mich. Wie heißt sie?
- Mo i Rana, sag' ich.
- Wo liegt denn das, in Afrika?
Ich schüttle den Kopf und steige zu ihm. Der Hund schaut uns fragend an.
Er dreht sich eine Zigarette. Der Wind bläst ihm drei Streichhölzer aus. Erst beim vierten Mal klappt es. Ich bin aus der Übung gekommen, sagt er. Damals ...
Damals war Krieg. Und Millionen Füße baumelten im Fahrtwind. Und die Landschaften flogen vorbei. Und die Bahnhöfe brannten. Und, und ... Das ist aber vorbei, gell Hund? Man soll nicht immer vom alten Krieg erzählen. Das nützt nichts. Der nächste wird bestimmt anders.
Aber das Schrankenwärterhäuschen, sagt er, das werd' ich nie und nimmer vergessen. So deutlich seh' ich's noch vor mir. Hätt' ich ein Stück Kreide, würd' ich's dir auf den Boden zeichnen können. Die hatten auch so einen Hund wie der da. Das Häuschen lag an der Strecke von Warschau nach Lodz. Damals hieß Lodz Litzmannstadt. Die mußten ja alles umtaufen, was ihnen nicht deutsch genug klang. Genau wie heute alles umgetauft wird, was nicht französisch genug klingt. Stimmt's nicht? Nicht weit vom Bahnübergang hatten die Partisanen eine Brücke gesprengt. Einen halben Tag lang war die Strecke gesperrt. Ich stieg von meiner Lok und ging ins Häuschen. Die Leutchen waren ganz verdattert. Zwei Alte und ihre Tochter. Ich beruhigte sie.

Wir tranken Wodka. Er sprach ein wenig Französisch, er hatte ein paar Jahre in Nordfrankreich im Kohlenrevier gearbeitet. Ich versprach ihnen wiederzukommen ... Als ich dann aus der Gefangenschaft zurückkam, fuhr ich dieselbe Strecke. Das Häuschen stand nicht mehr. Ein Haufen verkohlter Steine und Balken.
- Hör' auf, sag' ich.
- Hast recht, sagt er.
Der Alte ißt nun sein Wurstbrot, bedächtig kauend und mit langen Pausen, dann und wann einen Bissen dem Hund hinwerfend. Eine weiße Staubwolke bleibt plötzlich vor uns stehen und rieselt zur Erde.
Das ist der Pariser, sagt er. Was der uns schon alles ins Land gebracht hat: Soldaten, Präfekten und Professoren. Und was haben wir ihnen hineingeschickt? Kuttelsuppe. Immer wenn wir gemetzt hatten, die Kuttelsuppe und die Blutwurst dem Bruder gebracht, der in Paris wohnte. Eisenbahner fahren ja gratis. Der Bruder war nicht Eisenbahner, er war Kellner. Er kam nur einmal des Jahres heraus, zu Allerseelen, in seinem schwarzen Kellnerfrack mit den glänzenden Ellenbogen, eine große weiße Chrysantheme im Arm. Am selben Abend fuhr er wieder zurück. Wir waren ihm zu altfränkisch. Komm jetzt, wir müssen heim.
Die Sonne wie ein rotgeäderter Dotter in den Bergstoppeln. Jetzt läuft sie aus. Am Stellwerkhäuschen wartet bereits die Nacht. Hop, mach schon! sagt der Alte zum Hund. Und zu mir: Ich hör' schon den Schienenbus. Du mußt mal den Schienenbus nehmen.

❖ ❖ ❖

1981. Ich war seit anderthalb Jahren zurückgekehrt. In die Heimat. Heimat? Ein paar Monate lang durchreiste ich sie, kreuz und quer, versuchend, die alten Beziehungen zu ihr wiederherzustellen. Doch es gelang mir nicht. Ich hing als Fremder in fremden Bahnhöfen herum, verschlief ganze Tage in Hotelzimmern, tätigte zwischendurch, ziemlich ungern, saftige Geldgeschäfte für Ex-Schwager Arnaud. Landete dann immer wieder beim Lüi, wo ich die alte Sprache auffrischte. Der Pariser Akzent klebt an dir, sagte Lüi, wie schal gewordenes Parfum. Hing also herum, bis ein Brief von meinem Chefredakteur kam. Dann zog ich in diese kleine malerische Stadt am Fuß der Steige, die ins Lothringische hinüberführt.

Mein Chefredakteur war in einen maroden Verlag eingestiegen, hatte ihn in kurzer Zeit aus den roten Zahlen herausgeholt, durch Reisebücher unter anderem. Schreib' mir was aus deiner Heimat, hatte er mir geschrieben. Nein, keine Reisebeschreibung, da ist der Bedarf gedeckt, such' nach Menschenspuren, spür' mir die Sprachlosen auf, die Sinnierenden, die Spinner, die muß es doch scharenweise geben in deiner abstrusen Provinz. Mach mir Exotik draus.

Die Abendsonne lag in der Schenkelbeuge des Gebirgs. Ein schwarzer Wolkenstreifen schnitt die Blutorange in der Mitte durch. Die Ränder zerfaserten an den Tannenstoppeln. Gib ihr einen Stups, daß sie hinüberfällt in den Auswuchs des Abendlands. Was du dir am Morgen neu holtest, ist nun wieder passé. Was du dir jeden Morgen frisch kreierst, frißt der Abend genüßlich auf. Nichts bleibt dir. Nichts hat hier Bestand. Der Freßwanst hockt

in der Schenkelbeuge und gibt sich als Gourmet aus. Dann dreht er sich um und spuckt dein Gewesenes in den Ozean. Er möchte nicht, daß du das siehst. Aber du siehst es trotzdem und lachst, weil es nämlich nur Ersatz war, was du ihm in den Teller legtest.
- Kapo! sagt mein Gegenspieler Meyer und sammelt die Karten ein.
- *Couillon!* schimpft mein Partner Scholler. Hättest mir einen Wink geben können! Wie konnte ich wissen, daß du eine leere Hand hattest? Wir hätten passen sollen!
- Ich passe nie, sag' ich. Warum auch. Das ewige Passen hat uns nie vorwärts gebracht. Beim Annehmen hast du wenigstens die Befriedigung, etwas riskiert zu haben. Mit wehenden Fahnen untergehen. *Panache,* sagen die Franzosen zu der Sache.
- Unter uns gesagt, meint dann Schang: Es ist gehopst wie gesprungen, ob du paßt oder annimmst. Ausgetrumpft wirst du auf jeden Fall.
Allgemeines Gelächter.
Wie ich zu ihnen an den Tisch kam? Ich saß in der Fensterecke und schaute in den verglühenden Abend hinein. Es fehlte ihnen der vierte Mann. Der Melanie war's heute nicht ums Spielen. Zwei legten mißmutig Patiencen. Der dritte, den sie Schang nannten, stand hinter mir und schien sich ebenfalls für die Abendsonne zu interessieren, die sich an Tannenstümpfen wund rieb. Ich drehte mich um und fing seinen Blick auf. Er lächelte mir zu und wies mit dem Kinn zum Berg hinüber. Das ist die gute Spur, sagte ich mir instinktiv. Nimm sie auf! Ich setzte mich zu ihnen.

– Haben wir uns schon einmal gesehen? fragte Meyer.
– Ich kenn' ihn, sagte Schang. Er läuft oben im Berg herum und beklopft die alten Steine.
Sie lachten. Ich lachte mit.
Aus der Blutorange bohrt sich ein Wurm. Orient-Expreß, sagt Schang. Dann donnert der Zug vorbei. Die Gläser klirren. Der Wein schwappt bis zum Rand.
– Wien, Budapest, Bukarest, murmelt Schang. Nur mal hinfahren und dann gleich wieder zurück. Noch einmal die Ferne erleben.
– Misch' die Karten, sagt Meyer, und verzapf' keinen Mumpitz.
– Wann kommst du endlich zu uns ins Heim? fragt Scholler den Schang.
– Was soll der Schang im Heim? sagt die Melanie. Der braucht Auslauf. Der ist kein Stubenhocker wie du.
– Wenn der Hund nicht wär', sagt Schang, würd' ich doch mal weit weg fahren. Nein, nicht nach Süden. Mich zieht der Osten an. Sag mir einer warum.
– Du bist ein alter Spinner, du! sagt die Melanie fast zärtlich und legt ihm die Hand auf die Schulter.
– Jetzt fängt die Alte auch noch an zu schmusen! lacht Scholler. Trumpf Bauer, 'raus mit der Neun!
Die Stadt gibt Magengeräusche von sich. Letzte Entleerung, bevor das große Wochenendfressen beginnt. Wie gut es uns geht. Wir haben mehr Freßlokale als Fabriken und Werkstätten.
– Wie lange haben wir nun schon Frieden, sinniert Schang, so lange schon. Wenn du so drüber nachdenkst. Seit bald fünfunddreißig Jahren nix mehr passiert. Doch sonderbar, daß es Krieg geben muß, damit was passiert.

- Es könnte schon so manches passieren, wenn man es nur wollte, meint die Melanie anzüglich.
- Tja, sagt Scholler, damals ... Dort drüben auf der Verladerampe bin ich in den Militärzug gestiegen. Dann Fliegeralarm, Jaboangriff, der Zug brennt, und der Scholler die Erkennungsmarke weggeschmissen und ab durch die Latten. Mich habt ihr gesehen! Acht Tage später, bei der Befreiung, auferstanden von den Toten. Haha. Die Jungen, heute, die können das nicht verstehen, daß wir das durchmachen mußten, damit sie ...
- Halt 's Maul, unterbricht ihn Meyer, und komm uns nicht immer wieder mit der Eiszeit!
- Was Eiszeit! Ist die jetzige besser? Wo die Alten ins Heim abgeschoben werden und man mit seinen Kindeskindern in Fremdsprache reden muß?
- Hast du's nicht auch so gewollt?
- Ich nicht. Da sind die Weibsleut' dran schuld. Die Melanie laust der Aff', wenn sie auf französisch parlieren darf.
Die Melanie bellt zurück, sie habe es wenigstens zu einem anständigen Französisch gebracht, wohingegen er, na ja ...
- Hört doch mit dem Quatsch auf! sagt Schang. Jeden Freitag dasselbe Theater. Wer bringt mich heim? Oder soll ich den Zug nehmen?
- *Compris*, sag' ich, komm, ich fahr' dich hin.
Die Abendsonne lag in der Schenkelbeuge und kippte dann hinüber. Übrig blieben ein paar alte Knacker beim Dämmerschoppen auf ihrer Eisscholle.
- Kapo! sagte Meyer und sammelte die Karten ein.

- Ja, die Eiszeit, meinte Scholler, die spukt einem immer noch in der Seele 'rum ... Jetzt aber ab ins Heim. Essenfassen. Krimi. Zapfenstreich. Komm, Alte. Es springt keiner mehr aus dem Zug.
- Die alten Simpel, sagte Schang auf dem Heimweg. Die wissen doch nicht mehr, was Leben ist.
- Weißt du es?
- Vielleicht. Da fragst' aber am besten meinen Hund! Und du? Du bist nicht von hier. Was suchst du hier?
- Ich such' nach Menschenspuren.
- Ach so. Die alten Kelten, was. Da oben im Berg steht so 'ne alte Heidenmauer. Da kommst' dir vor, als hätt's dich schon einmal gegeben ... Ja, mir ist's manchmal, als hätt's uns immer wieder gegeben. Und jedesmal ging's schief. Kaum hast du den Sinn erfaßt, schwimmt er dir wieder weg ... Stimmt's nicht?
Ich schwieg. Er rutschte seine Dächelskappe hin und her. Seine Unterlippe wölbte sich über die Oberlippe, und die Hakennase zuckte.
- Und wovon lebst du? Bringt's dir was ein, das nach Menschenspuren suchen?
- Ich mach' Geschichten draus und verkaufe sie.
- Wen interessiert das, diese alten Sachen?
- Ich suche nach Spuren von heute.
- Aha. Und nun bist du auf meine Spur geraten. Ich bin allerdings auch schon ein Stück Altertum, gell? Aber wo du jetzt meine Witterung aufgenommen hast, was tust du nun?
Ich schwieg abermals. Wir waren beim Wagen angelangt. Die Nacht war da. Wir überholten einen Lkw. Schang stieß einen Fluch aus.

- Das ist einer vom Heitzler. Der karrt Giftfässer, die irgendwo entsorgt werden. Destillationsrückstände. Ob's da immer mit rechten Dingen zugeht? Man munkelt so manches ...
- Das mußt du mir erzählen.
- Ich weiß nicht, ob ich ... Stop, wir sind angekommen.
Ich bremste ab, schaltete die Scheinwerfer aus. Dunkelheit floß zusammen, kreiste uns ein.
- Hier wohnen sie, meine jüngste Tochter Maria, der Schwiegersohn Robert und Michel. Bungalow nennen sie das. Nein, ich selber wohn' nicht hier. Ich bleib' lieber im alten Dorf. Ich komm' nur zum Essen her. Ich könnte nicht mit dem Robert zusammenleben. Übrigens, er fährt auch für den Heitzler. Nur sauberes Zeug, behauptet er. Na ja.
In den Lichtkegel vor dem Bungalow trat ein junger Mann. Ich erschrak. Es war mir, als stünde ich vor mir selber als Achtzehnjähriger. Ein Hund schlug an. Die Glocke der Bahnschranke schrillte kurz. Dann fuhr zwischen Dorf und Siedlung der Güterzug vorbei, endlos hämmernd und blind.
- Das ist wohl der Michel? fragte ich.
- Laß' mir den Jungen aus der Sache 'raus! knurrte der Alte und stieg aus.
- He! rief ich, wann sehen wir uns wieder?
- Morgen nachmittag um drei, da mach' ich meinen Spaziergang mit dem Hund, dort drüben am Nebengleis, wo die ausgemusterten Güterwagen stehen.
Dann fiel eine Nebelwand herunter und verschluckte die Siedlung.

❖ ❖ ❖

Du mußt den Schienenbus nehmen, hatte der Alte gesagt.
Montag abend, die dicke kurze Raupe mit Jugend vollgepackt, Lyzeaner und Berufsschüler. Lachen und Pfeifen und Knutschen und Balgerei. Der Laum wie Tarnfarbe an den Fenstern. Die Landschaft dahinter schmutzig und verschwommen. Wisch nicht drüber: Die Scharfeinstellung bringt auch nur Spätwinteröde.
Die Klassenverbände sind aufgelöst. Das Städtische ist durch das Sieb gefallen. Von Dorf zu Dorf stellen sich die alten Querverbindungen wieder her. Einiges Similistädtisches igelt sich hier und dort in lässiger Gestik und gehauchter Fremdsprache ein.
Hier herrscht noch die Ursprache, wie Kleie und Samen, wie gebackener mit Reif bestaubter Löß. Das Französische haben sie in der Schule zurückgelassen. Es wird sie aber schnell wieder einholen: Seine Stützpunkte Fernsehen und Disko vernetzen das ganze Land, ihre Laserstrahlen leuchten auch den verstecktesten Winkel aus.
Aus dem Balgen heraus fällt der lapidare Satz: Die Schuhfabrik hat dicht gemacht. Mein Alter steht auf der Straß'.
Der Schienenbus: eingedickte Wärme mit Zigarettenrauch gekräuselt. Parfumspur eines sich aufregend gebenden Geschöpfes, das durch den Raum wedelt, angeflogene Anrüchigkeiten von sich abschüttelt und sich dann im eigenen Garn verfängt.
Man sollte öfter mit dem Bummelzug fahren, sagt man sich. Wie anders erlebst du da die Heimat. Und dann die Frage stellen: Was ist eigentlich Heimat für euch?

Die dumme Frage. Das Wort gibt es nämlich nicht mehr in ihrem Sprachgebrauch, da es kein entsprechendes auf Französisch gibt. Sie lachen oder gucken einen verdutzt an.
Auf den Sitzen gegenüber, ältere, ernste Arbeiter beim Skat. Einer schaut auf, nach einer Weile: Eine Schuhfabrik die dicht macht, sagt er.
Der Schienenbus auf leisen Sohlen durch abendliche Spätwinterlangeweile. An jeder Station wird ein Dorf mit seinen Trabanten auf den Bahnsteig geleert. Nach einer halben Stunde wird es still. Wer jetzt noch drinsitzt, hat sich langsam auf Großstadt einzustellen.
Aber noch ist der Schienenbus voll. Noch steht der Junge an der Tür. Ihm gegenüber sitzt das Mädchen, das ihn nicht aus dem Auge läßt. Er wischt den Laum vom Türfenster. Seit der Abfahrt beobachte ich beide. An der nächsten Station steigt er aus. Wohl nicht mehr genug Zeit, um den Kontakt zustandekommen zu lassen. Er wippt kurz auf den Fußspitzen, als der Zug in die lange Kurve geht. Dann schultert er seinen Sportsack. Der Schienenbus bremst ab. Michel riskiert nun endlich einen Blick in Richtung des Mädchens. Nickt er ihm zu? Da stürzt sich ein Pulk auf die Tür, verschluckt ihn, reißt ihn mit sich auf den Bahnsteig.
Sie hat Mandelaugen.

– Mein Großvater war mit dem dritten Napoleon bei Sedan, linke Hand weg. Mein Vater war mit Hindenburg in Masuren, Bein ab. Ich, Lokführer in Polen,

dann *Plenni* in Russland, jahrelang das Zittern. Der Robert in Algerien, Unterschenkel aufgeschlitzt, Mine. Lustig, was?
Er lacht, ein etwas hohles Lachen. Die Hakennase hüpft dabei.
- So, das wär's. Hab' dir nun schon genügend erzählt von unseren Kriegen. Ich frag' mich überhaupt, warum ich dir das alles erzähle. Wenn du mehr darüber erfahren willst, Pariser, dann guck' in die Bücher. Dort wird alles drinstehen. Oder nichts. Ja, wahrscheinlich nichts. Die Welt schert sich einen Deubel um uns Flöhe. Denn mehr sind wir ja nicht für die Außenwelt. Ist mir auch wurscht. Ich laß' alles an mir hinunter zu Boden gleiten, dort scharr' ich's mit dem Fuß in den Staub. Schluß, Amen.
Wiederum das Lachen, aber diesmal nicht hohl, eher befreiend.
- Was wichtig ist, willst du wissen? Der Spaziergang am Bahndamm mit dem Hund. Wie die Natur sich tagtäglich unmerklich verändert, diese winzigen Veränderungen wahrnehmen und sich dran freuen. Dann die Züge, die bringen und mitnehmen, und jeder hat seine eigene Sprache auch. Die muß man verstehen. Dann die leise Sehnsucht, ich weiß, sie wird sich nie verwirklichen, auf die Art wird sie mich auch nie enttäuschen.
- Das Schrankenwärterhäuschen bei Lodz, sag' ich.
- Ich hab's wieder aufgebaut. Hab' Glyzinen dran hochgezogen. Hab' ihnen eine Fernsehantenne aufs Dach, so'ne Schüssel wie der Robert eine hat, vielleicht sehen sie dann mal Bilder von hier. Und die Wanda ist jetzt auch schon Großmutter ...

- Die Wanda? frage ich.
- Hab' ich dir's nicht gesagt? Sie heißt Wanda, sie ist fünf Jahre jünger als ich. Als wir uns zum letzten Mal sahen ...
- Du hast also mehrmals dort gehalten?
- Möglich. Ich hatte mich mit den Partisanen verständigt. Wenn ich von Warschau kam, sprengten sie das Gleis unterhalb, wenn ich von Lodz kam, war's oberhalb.
- Du bindest mir einen Bären auf, Schang!
- Das ist schon so lange her, weißt du, da vermischt sich so manches in der Erinnerung.
Und noch einmal dieses Lachen, diesmal ein herzhaft vergnügtes.
Die Hakennase hüpft von links nach rechts und zurück. Dann tritt eine lange Stille ein. Ich unterbreche sie schließlich:
- Wie sah sie aus, diese Wanda?
- Sie hat wunderbare Augen.
- Mandelaugen.
- Woher weißt du das?

Mein Chefredakteur war zufrieden mit der Schang-Story. Fortsetzung folgt! telegraphierte er. Auf den Robert setzen, nun, und den Jungen!
Doch dann traf ein Brief aus Israel ein, der einen langen Umweg über Paris gemacht hatte, von Lucy zur Redaktion, von dieser zu meinem Standort:
Liv.

Nur mal ein Lebenszeichen von sich geben und gute Wünsche zum Neuen Jahr, wenn auch verspätet. Ob ich Neues zu berichten hätte aus der Pariser Theaterszene. Und die Gärten blühten so herrlich in Galiläa. Liv.

LIV

Ich schrieb ihr lange Briefe, sie schrieb kurz und herzlich zurück. Ich erzählte ihr die Schang-Story, sie erwiderte: Warum schreibst du nicht die Pit/Pjotr/Pierre-Story?
So begann ich meinen Weg zu beschreiben, bruchstückweise den Zettelkasten bestückend, Fragmente, die der alte Mann, heute 1990, endgültig zusammenfügt, für Hana und Mike, seine Kinder.
Doch noch schreiben wir 1981, und '81 springt auf 1948 zurück. Hammerfest: Adam und Eva am Tag ihrer Erschaffung am Ufer des kleinen Badesees in der Mitternachtssonne. Und der Liebe Gott von Kvalsund lächelt ihnen zu.
Liv. Muß ich dich beschreiben? Dreimal hast du meinen Weg gekreuzt. Dreimal hast du mich nicht halten können, halten wollen? Ja, muß ich dich beschreiben? Die Bilder von dir fließen ineinander. Versuche ich sie zu entwirren? Als du aus dem See stiegst und lachtest: Es ist ein Duft, es ist ein Klang, es ist kastanienbraunes Haar, es sind grüne mit Goldpailletten bestickte Augen, es ist der wiegende Gang, es ist der sonnengebräunte Leib, die leichten straffen Brüste, die feingliederige Hand in der meinen, es ist, es ist ...
Kommst du zu uns nach Mo i Rana? fragte sie mich.

Am anderen Morgen war sie verschwunden. Als wäre sie eine Fata Morgana gewesen. Und ich saß nun auf dieser Insel wie ein Gefangener, konnte mich nicht von ihren Spuren lösen. Nach zwei Tagen des Herumirrens fand ich mich auf dem Ponton von Kvalsund wieder und bat den Lieben Gott um Rat. Der schickte mir einen Militärlastwagen. Die Soldaten luden den *franskman* und sein finnisches Rad in Narvik aus und riefen: *Vive la France!* Was aber scherten ihn die *Chasseurs alpins* vom Mai '40, was die phantastische Landschaftsszenerie: Kommst du nach Mo i Rana? hatte sie gefragt. Nach drei mühseligen Tagen war ich dort.
Herr Ekstad schlug eine kleine Rundfahrt um den Ranafjord vor. Liv und ich saßen im Fond der amerikanischen Limousine. Dann und wann berührten sich unsere Hände, dann wichen sie wieder scheu voneinander. Madame Ekstadt plauderte munter auf französisch drauf los. Herr Ekstad warf hie und da einen trockenen Witz dazwischen, mal auf englisch, mal auf deutsch. Wir sind schon eine sonderbare Familie, findest du nicht auch? lachte Liv. Wir spielen Billard mit unseren Sprachen, sagt Papa immer. Und wie ist es mit Ihnen? fragte Maman. Ich antwortete in einem Gemisch von holprigem Finnisch und Schottenenglisch, ich wollte dann in meinen heimatlichen Dialekt übergehen ... und blieb stecken. Wie schnell man doch seine Heimat verlernt. *Oui,* sagte Madame, wie schnell ...
Schau' die Landschaft, sagtest du. Wie der Wind mit den Wolken spielt, und die Wolken mit dem Licht, und das Licht mit den Bergen, purpurn, rosa und schwarz. Ich sah nur das blaugrüne Meer, ich sah eigentlich nur

dich, wie du aus dem Wasser in die Sonne steigst und die Lippen schürzest zu dem unnachahmlichen Lächeln, das zu dir einlädt und dich aber auch zugleich abschirmt.
Als ich dann das Schiff nach Oslo bestieg ... Warum fuhr ich eigentlich schon nach fünf Tagen weg? War ich unglücklich? Oder war ich froh, dem Endgültigen entwichen zu sein, es für später erhoffend?
– Das ist meine schöne Geschichte, die einzige, Schang.
– Und warum hast du sie mir erzählt? Haben wir die Rollen getauscht?
Seine Hakennase saugt den Teergeruch ein, der den Planken entweicht. Der Hund schnarcht.
– Liv Ekstad aus Mo i Rana, sagt er nach einer Weile. Es gibt Namen, die sind wie Musik. Mein Lodz hingegen ... Und mein Bahnwärterhäuschen kommt nicht gegen deine Villa am Meer an. Aber Sehnsucht bleibt Sehnsucht, gell, besonders bei alten Simpeln! Honig, den man sich selbst um den Bart schmiert.
Ich schaue ihn verwundert an. Er lacht, als hätte er sich eben selbst auf den Arm genommen.
– Reiche Leute, was? fragt er.
– Vater, Norweger. Im- und Export. Mutter, Genfer Jüdin.
– Du hast sie doch wiedergesehen?
Wie kam ich nur dazu, ihm diese Geschichte zu erzählen? Ich glaubte ihn geködert zu haben, und nun hänge ich an seiner Angel.
Wir wollten uns wiedersehen, hatten es uns in die Augen hinein versprochen. Komm nach Genf, bat sie. Wir wer-

den nächsten Sommer dort sein. Wir schrieben uns, zuerst lange, dann immer kürzere Briefe. Und anstatt nach Genf flogen Ekstads in die Staaten. Und die Briefe wurden spärlicher, schließlich nur noch Neujahrsgrüße und Glückwünsche zu meiner Hochzeit. Und Mo i Rana ist in den Fjord hinuntergeglitten, von der Ebbe mitgezogen, in die Arktis abgedriftet. Auf dem Ponton von Kvalsund sitzt immer noch der Liebe Gott. Er baumelt mit den Füßen, seine Hakennase saugt genüßlich den Teergeruch ein, und sein Hund schnarcht.
- Wer hat sie mir dann unvermutet nach Paris geschickt, warst Du es? frag' ich Ihn.
- Du nimmst also an, daß ich gegen meine eigenen Moralgesetze verstoße?
- Du hast mich also prüfen wollen? Hättest mir in Mo i Rana einen Wink geben sollen, ich wär' nicht vor mir selbst geflohen.
- Red' doch keinen Unsinn, antwortet Er. Und lad' mir nicht alles auf den Buckel, was du versäumt hast.
- Ja, wozu gibt es Dich dann?
- Ich bin immer da, wenn du glauben solltest, ich müßte eigentlich da sein. Du nimmst es aber nicht immer wahr, willst es nicht wahrnehmen. Ich bin deine nicht wahrgenommene Konstante.
- Tamieh, sag' ich und lache laut auf.
Der Hund bellt mich kurz an. Der alte Schang rüttelt sein dürres Gestell wach.
- Jetzt bin ich meinersechs eingeschlafen. Ist der Calais-Basel schon vorbei? Ja? Dann muß ich heim. Komm, Hund.

❖ ❖ ❖

1960. Pierre saß in seinem Büro und sann. Da hielt er instinktiv die Hand vors Gesicht, wie er es oft tut, wenn er es mit plötzlichen seelischen Wallungen zu tun hat. Und da roch er das Parfüm, ein eigenartiges Gemisch, in dem Moschus dominierte, durchwebt von einem Hauch Veilchenduft. Er fuhr mit der Nase von der Handwurzel bis zu den Fingerspitzen: Das Parfüm schien aus den Poren zu quellen und durch alle Handlinien zu rinnen. Er erinnerte sich: Er war ihr mit der Hand zuerst über den Kopf gefahren, hatte dann einen Augenblick im Genick verweilt, mit dem Mittelfinger einmal, zweimal am Haaransatz hin- und herstreichend. Er legte die Hand auf den Tisch und spulte diese Szene immer wieder ab, mal hastig, mal in Zeitlupe. Sie hatte gelächelt, und ein kurzer, kaum vernehmbarer Gurrlaut war ihrem Hals entfahren. Wie deute ich dieses Lächeln, diesen Laut? fragte er sich. Dann sprach sie mit lieblicher Stimme Unverbindliches, und sie trennten sich.
Er stand auf, ging im Büro auf und ab, versuchte an etwas anderes zu denken, an Theaterszenen, an Romanfetzen, an Banales: Was esse ich heute, wo geh' ich morgen hin, an Nonsens auch, Durcheinander von Collagen, wie Fußballspiele auf Steinröschenhängen, und immer wieder führte er den Handteller zum Gesicht: Das Parfüm war immer noch da, schien sich aber mehr und mehr zu verflüchtigen. Als er auf die Straße trat und ins Menschengewühl eintauchte, verschwand es definitiv. Er ging in sein Stammcafé, wo sie sich getroffen hatten, und da war das Parfüm plötzlich wieder da, nicht mehr in der Handfläche, denn nun schien es von irgendwo herzuwehen, legte sich aufs

Kaffeearoma, verwob sich mit ihm, löste sich wieder von ihm, verfing sich endlich in seinem Pullover.
Stimmt, sagte er sich, wir hatten Kaffee getrunken, ihre Hand hatte herübergelangt und war über das Muster meines Pullovers gefahren, das ihr ob seiner Eigenwilligkeit gefiel.
Sehen wir uns wieder? hatte er sie gefragt. O ja, hatte sie spontan ausgerufen. Dann, nach einer kleinen Pause: Vielleicht ... wenn es der Zufall will.
Er will es, sagte er. Sie erwiderte mit einem gedehnten rätselhaften, fragenden Jaa?
Ein Anruf: Ich bin in Paris, auf der Durchreise. Es wäre nett, wenn wir uns sehen könnten. Er, überrascht und ein wenig verdattert: Ja, sicher. Und gab ihr die Adresse seines Stammcafés an, rue Taine. Sie standen sich gegenüber: Hat sie sich verändert? Hat er sich verändert? Was liegt zwischen Mo i Rana '48 und Paris '61? Nicht daran denken, heute nicht. Oder doch? Nein, sie hat sich nicht verändert. Oder doch: sie ist reifer, schöner geworden. Ihre Hand in der meinen, lange, dann kurze Umarmung. Ach, dies Parfüm! Wie damals. Und nach einer Stunde war es vorbei. Und alles was man sich vorgenommen hatte, war es nun geschehen? Was war eigentlich geschehen? Details! Details? Alles ist verschwommen. Nur das Parfüm und der Druck ihrer Hand. Und der Klang der Stimme. Aber diese Erinnerung hatte ich schon von Mo i Rana. Was ist neu? Das O ja! Das Jaa? Und wovon werd' ich jetzt leben? Ich wußte noch nicht, daß ...

❖ ❖ ❖

Ich bin gestern wieder mit dem Schienenbus gefahren, Liv. Wie voriges Mal steht der Junge an der Tür. Die Augen des Jungen: derselbe fragende Blick wie beim Alten und doch irgendwie anders. Fühlte ich instinktiv etwas wie eine Verwandtschaft mit mir? Schaute mich aus seinen Augen einer an, der ich womöglich einmal hätte sein können? Ertappte ich mich dabei ... wobei ertappte ich mich eigentlich? Laß' mir den Jungen aus dem Spiel, hatte Schang gesagt. Er braucht sich da keine Sorgen zu machen. Es wird nichts mehr aus der Story für meinen Chefredakteur. Dieser raste am Telefon. Die Story schreib' ich nun für Dich, Liv. So als wär's meine, als würde ich hier einen neuen Anfang machen, nach dem Pfusch von so vielen Jahren.

Da steht der Junge, ich stell' mich neben ihn. Das Mädchen sitzt uns gegenüber am Fenster. Sie ist in ein Buch vertieft, oder sie tut nur so. Hab' ich mit Michel gesprochen? Oder hab' ich mich in ihn hineingedacht? Es passieren mir oft solche merkwürdigen Sachen, in letzter Zeit. Aber war das nicht immer so, wenn ich darüber nachdenke? Nur meine Pariser Zeit macht da eine Ausnahme.

Dort wandert Großvater mit dem Hund. Ich sehe ihn nicht, aber ich weiß es. In einem Güterwagen an der Verladerampe hat er sein Wurstbrot gegessen. Der Hund hat die Brotrinde und den Wurstzipfel bekommen. Dann hat Großvater sich eine Zigarette gedreht und dem Hund von Polen erzählt. Und der Hund leckt ihm den Handrücken ab.

Bis halbwegs Stadt ist er gelaufen. Er wäre noch weiter gegangen, wenn das Gebirge nicht immer weiter

zurückgewichen wäre. Man kommt nie an, sagt er heut' abend wie gewöhnlich. Sie schieben den Horizont um jeden Meter zurück, den du machst.
Schau mich doch an, du. Wir fahren jetzt schon seit einem Monat mit demselben Zug zurück. Ich stehe an der Tür, und du sitzt mir gegenüber. Warum schaust du jetzt zum Fenster hinaus. Dein Fenster ist beschlagen. Da kannst du doch nichts sehen. Und es wäre sowieso nichts zu sehen. Morgen abend werde ich mich beeilen, um vor dir da zu sein. Dann zeichne ich dir etwas in den Laum. Hieroglyphen. Die mußt du dann entziffern.
Jetzt muß ich austeigen. Guck' doch mal schnell her. Nur einen Augenblick, du. Damit ich weiß, daß du mich bemerkt hast. Einmal werde ich nicht aussteigen. Ich werde hier an der Tür stehenbleiben, bis du an mir vorbei mußt. Ich werde dir die Tür öffnen, so daß du merci sagen mußt, und ich deine Stimme höre. Deine Lippen bewegen sich. War das ein Wort oder die Andeutung eines Lächelns? Ich nehme es mit.
Die Mandelaugen. Das Zucken der Lippen. Wanda hieß sie, sagt Großvater, wenn er in seinem Güterwagen sein Wurstbrot ißt. Und der Hund wedelt mit dem Schwanz. Hast du sie geliebt, frage ich ihn. Dann seufzt er.
Jetzt steht er an der automatischen Schranke, den Hund an der Leine, und wartet auf den Mozart. Wenn der Mozart vorbei ist, wird's Zeit zum Abendessen.
Hatte sie Mandelaugen, Großvater? frage ich ihn. Es ist schon so lange her, antwortet er, es ist alles so unscharf geworden ... Aber wenn du meinst, daß sie

Mandelaugen haben müsste, so wird sie sie wohl gehabt haben.
Du, wie nenn' ich dich? Nein, nicht Wanda. Du bist kein Traum. Großvater hat sich seine Polengeschichte erträumt, weißt du. Mama behauptet es zumindest, Großmutter selig zuliebe. Schau doch mal von deinem Buch auf! Na, dann eben nicht.
Der alte Schang habe recht, schreibst Du mir, ich solle den Jungen in Ruhe lassen. Wie kann ich das, Liv, der Bub ist mir ans Herz gewachsen. Und hat der Alte nicht auch gesagt: Den Jungen dürfen sie mir nicht verhunzen? Nein, Liv, ich will ihn nicht beeinflussen. Ich will ihm nur zuhören. Ansprechpartner sein. So daß er sich selbst befreien kann. Wovon?
Papa geht mir auf den Geist. Ja, er hat das Haus, den Bungalow wie er sagt, selbst gebaut. Sonst säßen wir noch zusammengepfercht in Großvaters Häuschen zwischen den Jenischen im alten Dorf. Jaja, ich weiß, die Tiefkühltruhe und die Parabolantenne und der Videorekorder und der Peugeot und der Barbecue und die Bar im Keller, die Spannteppiche, der Salon Ikea, auch die Stereoanlage für Blasorchester und und und. Vom spezialisierten Arbeiter, zum Vorarbeiter, zum Atelierchef. Und die Überstunden, die Schwarzarbeit nach Feierabend, der Gemüsegarten. Dazu Mama als Näherin, Schwarzarbeit selbstverständlich. Und die Invalidenrente vom Algerienkrieg, das linke Bein von einer Mine ramponiert, was ihn nicht am Laufen hindert und trotzdem seine monatlichen zwei Mille bringt, steuerfrei. Im Gegensatz zu Großvater spricht er nie von seinem Krieg. Will nicht darüber sprechen. Regt sich auf, wenn

man ihn darauf anspricht. Kann auch keine Algerier leiden, Türken eher. Erzähl von den Oasen, Papa! Quatsch Oasen, sagt er. Hast du Arabisch gelernt, Papa? Hab's notwendig gehabt! Erzähl, erzähl doch! Halt 's Maul und sei froh, daß du nicht hinbrauchst, in so'n Scheißkrieg in einem Scheißland! Mach deine Aufgaben!
So muß ich halt Papa überspringen und mich an Großvater halten. Der kann erzählen. Sag, Großvater, was hat denn Papa in Algerien angestellt, daß er mir nichts davon erzählen will? Ja, Algerien, sagt Großvater. Wie soll ich dir das erklären. Wir damals konnten uns immer wieder sagen: Das ist nicht unser Krieg, das ist der Krieg der Nazis. Denn wir waren ja zwangsmäßig dabei. Die aber in Algerien hatten die Ausrede nicht. Es war ja auch unser Krieg, der Krieg der Franzosen, und da ist man halt mitschuldig geworden, wenn Schweinereien passierten. Und es sind dort eklige Schweinereien passiert. Hat er auch? frag' ich dann. Was weiß ich, sagt Großvater, wenn ja, hat er halt müssen. Aber, Großvater, sag' ich, er war ja auch zwangsmäßig dabei, oder war er freiwillig hinüber? Stimmt, sagt er, die meisten waren ja zwangsmäßig drüben. Auf jeden Fall war er heilfroh, sagte er, als er verwundet wurde, so war er endgültig aus dem Schlamassel 'raus. Ja, Papa. Wie steh' ich zu ihm? Wie steht er zu mir? Wie er das linke Bein immer ein bißchen nachzieht, besonders dann, wenn er merkt, daß man ihm zuschaut. Wenn er sommers die Shorthose anhat, sieht man die wüste rote Narbe, die am Knie anfängt und die Wade hinunterläuft. Dieses nackte rote Mal auf seinem zottigen Bein. So müssen Urmenschen ausgese-

hen haben. Haar überall, bis zum Hals hinauf. Und wie stolz er drauf ist! Dazu das blaue Kinn, die harte Nase, die schwarzen Augen. Balzlis seien alle schwarz, seit es ihm gedenke. Wer weiß, wo die herkommen, jedenfalls nicht aus Germanien, sagt er. Ich aber sei aus der Art geschlagen. Ich hätte das Weiche vom Großvater Hausser, das Unstete auch. Und dann fährt er mir mit der Hand über den Kopf, mit der schweren Hand, und schweigt. Papa ... sag' ich dann.
Und nachts höre ich, wie er Mama quält. Mama sagt nichts, nie. Läßt alles geschehen, was von ihm über sie kommt.
Er liebt ihn, den Jungen, sagt Schang, weiß aber nicht, wie mit ihm umgehen. Weißt du es? frage ich den Alten? Wüßtest du es? fragt er zurück. Wir haben alle irgendwann unser Gleichgewicht verloren, du, Pierre, ich und der Robert. Wir wurden aus der Bahn geschleudert. Schlimmer: Ukraine, Polen und Algerien haben uns vergiftet. Und das Gift geben wir der Nachkommenschaft weiter. Man sollte den Jungen irgendwohin schicken, weit weg, damit er sich dort neue Wurzeln anschaffe. Aber kann man das?
Kann man das, Liv?

– Paris, sagt Schang, das konnte doch nicht das Ende sein. Zwischen Paris und jetzt Israel, da liegt doch wieder etwas, nicht?
– Ja, sag' ich, ein Berg, auf der Grenze zwischen Liechtenstein und Vorarlberg.

Es war 1963. Ich mußte ausbrechen, aus dem Intellomief 'raus. Ich kannte damals einen nach Paris verschlagenen Ostschweizer Kameramann, Tschuggmell hieß er. Er schlug mir eine Hochgebirgswanderung durch seinen heimatlichen Rätikon vor. Lucy schnitt eine Grimasse, als ich ihr davon sprach. Berge ertrug sie nur als Après-Ski-Kulisse. So fuhren wir also ohne sie weg. Nach acht Tagen hatte ich mich dank Tschuggmell zu einem leidlichen Bergsteiger entwickelt.

Wir kraxelten an der schweizerisch-österreichischen Grenze entlang. Grenzen, sagte Tschuggmell, befreien dich. So naturwidrig sie auch sein mögen, besonders im Hochgebirge. Sie haben etwas Magisches an sich: die fremdwerdende Heimat und die angeheimatete Fremde. Heimat und Fremde ineinanderfließend, die Nahtstelle der gezackten Grate scheidet nicht, sie trägt zum Verwirrspiel bei. Grenzgänge führen zum Ursprung zurück, zur Freiheit der Nomaden. Von deiner Herkunft her müßtest du eigentlich auch ein Grenznomade sein.

– Hab' ich vergessen, Tschuggmell. In meiner Heimat leben wir mit dem Rücken zur Grenze. Uns zieht's ins Innere, Tschuggmell.

– Ihr lauft von der eigenen Bestimmung weg, Peter, sagte er. Aber vielleicht nennt ihr das Fortschritt.

– Jedem seine Semantik, Tschuggmell. Irreführend ist sie sowieso immer.

Wir zelteten am Rand des Brandner Gletschers. Die Schesaplanapyramide stach schwarz aus dem rosarot angehauchten Eis. Ein letztes Licht lag auf der Straßburger Hütte, jenseits des Gletschers.

- Man sollte das Haus endlich umtaufen, sagte ich. Gehört uns nicht mehr seit 1918. Vergessen, entäußert. Wie gesagt, uns zog's nach Westen. Eines Tages kullern wir in den Ozean. Im Bermudadreieck tauchen wir dann wieder auf. Wir machen halt nix wie die anderen, bei uns geht alles letz herum!
Dann lachten wir, dann entkorkten wir eine Flasche Fendant, prosteten der Schesa zu, und pfiffen auf den Rest der Welt.
- Komm zur Sache, bohrt Schang. Liv!
Unser Endziel war ein Hochtal im Liechtensteinischen, Malbun. Wir stiegen in einem alten wettergebeizten Alpenhotel ab. Dort saßest du beim Zvieri. Wie kamst du nur dorthin, Liv? Hatten wir miteinander telefoniert? Hatte ich dir geschrieben? Ich wußte, daß du in der Schweiz warst. War es in Genf oder Zürich? Hab' ich dich eigentlich danach gefragt? Was wußte ich, was weiß ich heute von deinem Leben ohne mich? Auf jeden Fall warst du da. Tschuggmell verließ uns am anderen Morgen. Und dann stiegen wir auf diesen Berg Gorvion, so ein Felshöcker auf einem ausscherenden Grat, an dem wir auf dem Weg hinab vorbeigekommen waren. Wir blieben bis zum Abend oben ... Erinnerst du dich an den betörenden Duft der Steinröschen?
Als ich dann morgens zum Frühstück kam, erfuhr ich, daß Liv ziemlich früh weggefahren war. Ein Kärtchen lag an meinem Platz. Darauf ein einziges Wort: Merci.
- Den Berg gibt's noch, Pierre, gell?
- Ich bin in den folgenden Jahren noch ein paarmal mit Tschuggmell in den Rätikon. Diesen Berg aber hab' ich

gemieden. Du bist ja auch nicht mehr ins Bahnwärterhäuschen zurück, oder?
Schang lacht meckernd. Die Hakennase hüpft.

DAS DORF

Hasse ich es? Verachte ich es? Verabscheue ich es? Oder grolle ich ihm nur? Sprech' ich es schuldig? Oder sprech' ich es los? Generalabsolution und vollkommener Ablaß? Nachlaß und Vergebung der Sünde? Doch was ist mit der Buße, was mit der Sühne?
Oder ist es mir gleichgültig geworden, verleugne ich es, kenn' es nicht mehr, ist es eigentlich wert, sich über das kleinkarierte, mickrige, miefige, stumpfsinnige, seelenlose Kaff aufzuregen? Denn was kann es dafür, daß es so geworden ist und nicht anders? Daß ihm die Winde aus Ost und West turnusgemäß Hirn und Seele ausgeblasen haben? So daß ihm nach all den historischen Ausputzeten nur der große Magen übriggeblieben ist, dessen gastronomische Füllung es zum kulturellen Ritus eingesetzt hat?
Alter Mann von deinem Berg hinunterblickend in die diesige Ebene, die dich ausgebrütet hat, dich dann ausgestoßen, als du zum Jüngling wurdest, in die du zwei Jahre später hineingefahren bist mit Blitz und Donner, dein eigenes Dorf der Feuerwalze ausgeliefert, es somit ausradiert und dich von ihm befreit. Und was liegt jetzt da drunten: das Ersatzdorf, die Ersatzheimat, von Schang dir ausgeliehen mitsamt Fata morgana, einem von der Planierraupe plattgewalzten weil nutzlos

gewordenen Schrankenwärterhäuschen, das der vorbeirauschende Mozart nicht mehr tutend zu grüßen braucht, und Erinnerungsfetzen hier eingelagert, sortiert, umsortiert, datiert, umdatiert, und die Kiesgrube mit den Erlen und Margeriten und der Insellaube von Lüis Brabanter Gäulen über drei Hügel herangeschleift, und den Michel hinübergerudert, ein neues Datum in die Steinbank geritzt, so als könnte alles noch mal von vorne anfangen, und wir würden's jetzt anders machen. Alter Mann.

Und schau hin, was aus der Ersatzheimat geworden ist: der wettbewerbsgekrönte Blumenschmuck, die pittoresken Fachwerkhäuser, die heimeligen Winkel, das Sportareal im Wald mit Fußball- und Tennisplatz, der Sonntagsglockenklang, immer noch, das renovierte alte Schlößlein, die sauberen Trottoirs, die exotischen Zierbäumchen des Dorfplatzes, die Art-déco-gestylte Straßenbeleuchtung, die schmucke Uniform der Dorfmusik, die imposante Mehrzweckhalle mit verglaster Front, Vererbtes und Modernität ineinanderfließend, so muß es sein ... und das Rauschen des Bachs unter der Brücke und das Raunen des Abendwinds in den Kastanienbäumen, immer noch, immer noch.

Vergiß aber nicht den ruppig-degenerierten dialektalen Klang aus der Wirtschaft nach dem öden französischen Hochamt. Vergiß nicht die samstagnächtlichen Vandalenzüge durch die Geranien- und Azaleenkulturen. Sieh die blutleeren Gassen, als führten sie durch ein Geisterdorf. Und die Alten hocken auf den Bänken und glotzen dem Straßenverkehr nach wie früher ihre Kühe den Zügen. Ach laß das. Es wird anderswo genauso

sein. Frag aber die Alten nach dem Schang. Ja, frag sie! Sie zucken mit der schiefen Schulter und einer lacht blechern: Ja, der Schang! Ein Spinner. Mit seinem Eisenbahnfimmel und den Polenfürz'. Es mußte ja so kommen. Jetzt hat er seine Ruh'.
Wissen sie nicht oder wissen sie's zu gut? Haben sie's verdrängt oder sogar ganz vergessen? Hake nach: Sie glotzen dich verständnislos an. So ist es.
Ich ziehe in Gedanken durchs Dorf und suche die zehn Gerechten. Einer ist bereits tot, der andere hat die Flucht ergriffen. Irgendwo in ihrem Gärtchen spreche ich ein uraltes Mütterlein an. Sie sagt: Siehst du, ich pflanz' eine Sauerkirsche. Der alte Baum war morsch geworden. Der Sohn hat ihn herausgehauen. In fünf Jahren trägt sie. In fünf Jahren bin ich fünfundneunzig. Dann weck' ich die Sauerkirschen ein. Für die nächsten fünf Jahre. Man soll nie zurückschauen, Mann. Immer vorwärts, da wo unser Herrgott geht. Du schaust zu viel zurück. Die anderen hier? Die meisten tragen Scheuklappen, die man ihnen angedreht hat, deshalb laufen sie ständig im Kreis herum. Der Schang? Nein, das Zurückschauen war bei ihm nur ein Spiel, er wußte, er hatte eine Zukunft. Er hat sie immer noch.
Ich brauche nicht mehr nach den sieben anderen Gerechten zu suchen. Ich weiß, ich würde auch sie finden, nur sie hängen's nicht an die große Glocke. Aber wer bin ich denn, daß ich mir anmaße, die sogenannte Spreu vom sogenannten Weizen zu trennen? Schau doch zurück, Alter, und zähl den Mist auf, den du immer wieder gebaut hast.

Liv schrieb regelmäßig: Wann kommst Du? Schang sagte: Warum fährst du nicht hin? Oder ruf' sie doch mal an! Oder gib' ihr eine Nummer und die Uhrzeit an, wo sie dich anrufen kann! Hat sie nicht mal drum gebeten? Wovor hast du Angst?
Was weiß ich. Ich hab' immer mit solchen Lähmungen gelebt. Entscheidungen auf die lange Bank schieben. Alles dem Schicksal überlassen. Nur zweimal nicht: als ich mich entschloß Lucy zu heiraten und als ich Lucy verließ. Eigentlich aber waren auch das keine Entschlüsse, es hat sich einfach so ergeben. Wie es Lucy wohl geht? Hat sie den Verrat überwunden?
Hör auf, jetzt, Alter, werd' nicht spleenig.
Das Dorf. Wie mein Heimatdorf, wie einige andere Dörfer hier auf diesem Streifen zwischen Gebirge und Lößland, hat es seine aufgegebene Kiesgrube. Und wie vielerorts geschehen, hat man auch diese Kiesgrube zur Deponie gemacht, eigentlich nur für Aushub, Bauschutt und vegetarischen Abfall erlaubt, da flog aber, bis die Sache mit den Giftfässern passierte, in der Freitagsdämmerung alles hinein, was nicht in die Mülltonne paßte. Und regelmäßig wurde das Ganze dann montags von der gemeindeeigenen Planierraupe schön zugewalzt. Bald wird vom letzten Laichplatz der Frösche und Kröten nichts mehr übrigbleiben. Als Schang sich anfangs beim Ortsvorsteher deswegen beklagte, versprach man ihm, bevor der Teich ganz zugeschüttet würde, irgendwoanders einen Tümpel herzurichten, an der Waldgrenze zum Beispiel, und das übriggebliebene Getier einzufangen und dort einzuquartieren. Im Namen des Umweltschutzes, lieber

Schang! Denn wir stehen auf Umweltschutz, klar. Aber Ordnung muß sein, denn laut genehmigtem Bodennutzungsplan wird bis zum Jahre 2000 hier ein Industriegebiet entstehen.

Es ist nun alles vorbei. Wir schreiben das Jahr 1990. Habe einen Bypass hinter mir und verschiedene andere Wehwehchen. Kann mich jetzt aber wieder einen rüstigen Senior nennen. Schaffe problemlos wieder den Aufstieg auf meinen Hausberg. Habe kürzlich die Altenrunde in ihrer Stammkneipe besuchen wollen. Da saßen jetzt andere am Stammtisch. Der Meyer? Den hat das Männlein mit dem gerippelten Gilet vor ein paar Monaten heimgeholt, nach vier Wochen Intensivstation. Armer Hund. Und der Scholler? Na ja ... Guckt's Euch selber an.
Ich ging ins Heim. Die Melanie bekam einen Weinkrampf, als sie mich erkannte.
- Was ist los, Melanie?
- Red nicht, er ist total plemplem.
Da kam er auch schon in seinem Rollstuhl den Gang hergerast.
- Tiefflieger von vorn! Volle Deckung! Haha! Und der Scholler über die Böschung ab durch den Raps! Du, dich kenn' ich doch! Kann ich bei dir unterkriechen, bis Schluß ist?
- Es ist schon lange Schluß, Scholler.
- Ja? Drauf müssen wir uns also einen genehmigen, gell Schang?

- Ich bin der Pierre, Scholler, nicht der Schang.
- Stimmt, du bist der Pierre. Den Schang, den haben sie doch erwischt, gell? Und an die Wand geklatscht, peng peng! Haha! Aber mich erwischen sie nicht!
Geifer perlte in seinen Mundwinkeln, sein Blick wurde stier, und plötzlich rammte er seine Frau.
- Scher dich weg, du blöde Kuh!
Ich zog den Rollstuhl zurück und blockierte ihn. Ich schüttelte den Irren.
- Aber Scholler, das ist doch die Melanie, deine Frau!
- Die Melanie? Melanie? Ich kenn' keine Melanie!
Er glotzte sie eine Weile stumm an, dann schien ihm ein Licht aufzugehen, er senkte den Kopf und fing an, Unverständliches zu murmeln. Melanie strich ihm zärtlich über das stachelige Haar, das kaum angegraut war.
- Immer noch Borsten wie ein Keiler, sagte sie.
Die Krise war vorbei. Melanie, flüsterte er nun, und immer wieder: Melanie. Wir brachten ihn aufs Zimmer zurück. Dort schlief er ein.
- So geht es mit uns allen, Pierre. Der Schang hat Glück gehabt. Jetzt ist er in seinem Osten, der liebe alte Spinner. Du warst doch bei ihm, als er starb, nicht? Das Krankenhaus in der Kleinstadt. Man hat ihn allein gelegt. Er soll Order gegeben haben, daß man ihn nicht an die Apparate hängt, egal was geschieht. Die Hakennase zuckt im wächsernen, stoppeligen Gesicht. Die Augen blinzeln, fast schelmisch. Seine Stimme aber ist kaum hörbar. Ich muß mich zu ihm hinabbeugen.
- Wie ist's geschehen, Alter?
- Weißt du, seit der Hund tot ist, paß' ich nicht mehr so richtig auf, wenn ich auf dem Bahndamm geh'. Bin

aufs Geleise geraten, weiß nicht warum, blöd, gell ...
Hörte den Pariser, wollte schnell 'runter, bin mit dem
Fuß an etwas hängengeblieben, muß ein Draht gewesen sein, hingefallen, dann ... ich weiß nicht mehr ...
der Fuß ...
- Sagst du mir die Wahrheit, Schang?
- Bin halt leichtsinnig gewesen, verstehst'?
Wir schweigen eine Weile. Er weiß, daß ich's ahne,
warum der sonst so vorsichtige ehemalige Eisenbahner
plötzlich den Kopf verlor. Sein Blick bittet: Sonst war
nichts, gell?
- Ja, Schang. Wie konntest du nur so leichtsinnig sein.
- Daß so was einem alten Eisenbahner passiert, gell!
Was würde der alte Dohm dazu sagen, wenn er noch
lebte, der hat mich angelernt. Der Dohm ...
Ein wehmütiges Lächeln huscht über sein Gesicht. Ich
fahre ihm mit der Hand über den Kopf.
- Red' jetzt nicht so viel, Alter. Das macht dich müde.
- Im Gegenteil, Pierre, es tut mir gut. Und ich hab'
noch so vieles zu sagen. Das Schrankenwärterhäuschen, zum Beispiel, das bei Lodz, weißt du, das hat's
wirklich gegeben ... Und uns zwei auch, die hat's auch
gegeben. Nur frag' ich mich wo ... In welchem Leben
... Ich komm' mir vor, als wär' ich gleichzeitig hier und
schon dort. Also wo sind wir eigentlich? Und es zeigt
sich kein Fahrdienstleiter, der Auskunft geben könnte
... Siehst du die Sonne? Wie eine Blutorange, sagtest
du immer. Bald rutscht sie in den Westen hinab. Da
geh' ich nicht hin, das weißt du ... Aber wie komm'
ich nach Polen? Ich hab' den Fahrplan nicht mehr im
Kopf.

- Mit dem Mozart bis Wien, umsteigen Richtung Preßburg, Brünn, Ostrau, Grenze, dann Kattowitz, umsteigen Richtung Warschau, auf dieser Strecke irgendwo umsteigen nach Lodz. Weiß nicht mehr wo.
- Bei Koljuschki, jetzt fällt's mir wieder ein. Du, warst du auch in der Gegend, daß du dich noch an all die Namen erinnerst?
- Wo waren wir nicht überall, gell Schang?
Sein Lächeln, wie verklärt.
- Du, es ist doch sonderbar: Indem ich so zurückschaue, glaube ich, in die Zukunft zu gucken.
- Das war noch immer so bei dir, Schang. Es ist der Drang, etwas nachzuholen, etwas zu entdecken, was einem versprochen ist, das man nicht gefunden, nicht geschafft hat, der Umstände wegen. Man hat aber immer dran gedacht.
- Wir reden aber g'scheit, heut', findest du nicht?
Ich muß lachen. Er versucht's auch, der Ton bleibt ihm aber in der Gurgel stecken. Er spricht immer mühsamer, stockender.
- Was ich noch sagen wollte, Pierre: Paß mir auf den Jungen auf.
- Du hast mein Wort, Schang.
Er schließt die Augen, öffnet sie nach einer Weile wieder. Orangenfarbiges Licht streift das Fenster, huscht weg, die Dämmerung ist da.
- So, jetzt ist sie weg, flüstert er. Jetzt wird's Zeit für mich, gell? Gib Antwort.
- So ist's, Schang.
Er schweigt lange. Sein Blick hängt am Fenster. Er scheint sich zu trüben, mit Tränen zu kämpfen.

- Ich hätt's nicht tun sollen, Pierre ... Ich hab' meine Familie zerstört.
- Nein, Schang, das darfst du dir jetzt nicht einreden. Du hast zukünftiges Leben gerettet.
- Werd' mal sehen, was der Chef da oben dazu sagt.
Er schließt die Augen ein zweites Mal. Stille. Lange, tiefe Stille. Schließlich ein kurzer Seufzer.
- Du, sag mir endlich: Hat's uns wirklich gegeben?
Ein kurzes Aufbäumen und es ist soweit. Er hat's geschafft. Als ich mich umdrehe, sehe ich sie an der Tür stehen, Maria, Robert und Michel.
Im Dorf läutet die Totenglocke. Wer ist's? fragen sie. Ei der Schang, lautet die Antwort. Wird eine schöne Leich' bekommen, als Eisenbahner und Kriegsveteran. Er hat das lateinische Totenamt verlangt, heißt es, und das *Großer Gott* auf deutsch am Grab. Hat immer solche altfränkischen Mucken gehabt, der Schang. Sonst noch was zu sagen? Nein. Geht uns auch nichts an.
Der Mozart tutet, als er sich der automatischen Schranke nähert. In Wien umsteigen ... Kannst auch über Frankfurt, Leipzig, Dresden und von dort ins Polnische: Posen, Kutno, Warschau. Oder möchtest du lieber über Prag? Alle Wege führen von hier nach Lodz, Schang, wo das Häuschen nun wieder steht, mit Sonnenblumen im Gärtlein und drei Birken dahinter.
- Mein Barrierehäuschen haben sie nun auch abgerissen. Es stank - nein, es roch nach Öl, drinnen, erinnerte sich Schang eines Nachmittags, als wir im abgestellten Waggon saßen. Im Sommer wurde man gekocht und gebraten, im Winter drohte man zu ersticken, das Kanonenöfchen hatte einen schlechten

Zug, so daß man die Tür öffnen mußte, dann gab's klamme Hände und eine rote Nase. Aber schön war's doch. Wenn die Schnellzüge vorbei donnerten, bebte das Häuschen, und es war, als würde es gleich vom Boden abheben und mitfliegen. Dann gab ich wieder die Straße für den Verkehr frei, und die Ochsenfuhren, Velos und Autos humpelten über's Geleise. Man saß an der Kreuzung zwischen Fremde und Heimat, zwischen Eile und Gemütlichkeit, regelte deren Fluß und hielt das Leben so vieler in seinen Händen. Du machst das ja auch, wenn du deine Geschichten schreibst, den Fluß regeln, Schicksale in den Händen halten, oder nicht? Nur ist's eine andere Ebene.
Er tippte mit dem Finger zuerst an den Kopf, dann an die Brust. Ich mußte staunen. Wo hat der Alte nur diese Weisheit her?
- Am Bahnübergang tut's jetzt die Automatik, fuhr er fort. Die soll sicherer sein als der Mensch. Möglich. In deinem Schreibberuf wird's Gott sei Dank nie so kommen. Oder doch?

Das Dorf. Ich gehe langsamen Schrittes durch die Gassen. Habe ich es mir angeeignet? Eigentlich nicht. Es ist eine Kulisse, in der ich mich zeitweilig heimisch fühle als Gast. In der Wirtschaft zu Mittag essen, ohne mich auf lange Gespräche einzulassen.
Da sitzen sie nun, meine Landsleute. Agiler geworden, hastiger auch, die alte Bedachtsamkeit ist nicht mehr. Sie reden durcheinander Französisch und Dialekt, bei-

des wortarm, sprechblasengenormt. War es früher anders? frage ich mich. Und ich erinnere mich, wie Schang mir einmal die Genesis in der bilderreichen alten Sprache erzählte. Es war eine herrliche Mischung von berückender biblischer Einfachheit und volkstümlicher ausufernder Phantasie. Und ich erinnere mich an Mutters freien Umgang mit Semantik und Lautungen, ihren angestammten Dialekt mit dem hiesigen verwebend, auf diese Art eine neue Sprache schaffend, ihre persönliche Sprache. Ich erinnere mich an Vater, wenn wir in der Kiesgrube waren, wie er mir die Natur schilderte, für jeden Halm, jede Blüte, jedes Insekt den treffenden mundartlichen Namen hatte, ihn sogar erfand, wenn er eine für ihn neue Spezies entdeckte. Fürwahr, Schang und meine Eltern, auf eine menschenleere Insel verbannt, hätten nach Jahren die Menschheit um ein neues Idiom bereichert.
Ich kann das nicht. Mein Dialekt reduziert sich leider auf den heute zur Norm gewordenen kümmerlichen Rest der Ursprache. Sag's auf französisch oder hochdeutsch, forderte Schang mich jedesmal auf, wenn ich vergeblich nach bodenständigen Ausdrücken suchte. Ich fühl' mich eigentlich nur im Pariser Französisch so richtig sicher. Mein Landserdeutsch hab' ich auf der Uni und seither durch fortwährendes Schmökern zu einem akzeptablen, wenn auch etwas lückenhaften Deutsch entwickelt. Das Englische aber geht mir nicht mehr leicht über die Lippen. Du sprichst ein sonderbares Englisch, sagte Liv, sagt Hana. Darin mischen sich alle möglichen Ingredienzen, antworte ich: von Fats, von Hawkeye, von Eileen, von Ursula/Susan/

Anthony ausgeliehen, hie und da mit finno-skandinavischen Brocken versetzt, die Satzmelodie liefert der Dialekt an, immerhin.
Ist Sprache Heimat? fragte ich Schang. Für ihn, ja, antwortete er. Und für mich? Er zuckte mit den Schultern. Warum ich nicht hinüberfliege, zu ihr, monierte er dann zum wievielten Male schon. Zu Liv, wäre bei ihr nicht Heimat? Was das eigentlich für ein Name sei, was er bedeute.
– Liv, das bedeutet Leben auf schwedisch, Schang.
– Also, Pierre, lebt!
Sie stehen an der Theke und ereifern sich, mit *putain* und *merde* und *verdammi* als Punktierungen: Der Ortsvorsteher möchte eine Partnerschaft mit einer deutschen Ortschaft anbahnen.
Doch was bringt uns das. – Gemeindegeld zum Fenster hinausgeschmissen. – Wo liegt das Kaff eigentlich? – Ihren gesüßten Wein trinken? Puh! – Die mit ihrem schnellen Deutsch, versteh' kein *merde* davon. – Und die machen sich immer so breit, wo sie hinkommen. – Und da kaufen sie womöglich auch unsere Häuser auf. Hat man schon erlebt. Die haben ja Geld wie Laub. – Und immer so vorlaut. – Moralprediger dazu, mit ihrem grünen Fimmel. – Nein, hab' nix gegen sie. – Der Krieg? Da laß die Alten dran 'rumbeißen. Wir haben's ja nicht erlebt. Wie gesagt, hab' nix gegen sie, aber ami-ami machen mit ihnen? Nein. – Sie drüben und wir hüben, jeder für sich. So bleibt die Welt in Ordnung. Dann lachen sie. Verdammi. *Putain. Merde. Couillon. Verdammi.* War es wirklich so gemeint? Aber man darf doch drüber reden, nicht? Und wenn's nichts gilt.

Das sind sie nun geworden, meine Landsleute. In ein paar Jahren wird vom alten Sprachschatz nur noch das *Verdammi* übrig geblieben sein, so sehr haben sie das perverse Axiom verinnerlicht, das ihnen seit Jahrzehnten von den Schulmeistern und der Bourgeoisie eingepaukt wird: Die Moderne, die Zukunft kann nur einsprachig französisch sein, Zweisprachigkeit sperrt euch in ein nostalgisches Getto ein. *Soyez modernes, enfin!*
Das Dorf. Eingemottet, einbalsamiert die alte Kultur in den noch nicht vom Antiquar aufgekauften Truhen. Die Wurzeln abgebissen, ausgedörrt. Neues schießt unordentlich aus dem Boden, schiefwüchsig, bastardiert. Es wird wohl ein halbes Jahrhundert brauchen, bis die Rekultivierung geglückt ist. Aber dann wird's ein anderes Land sein.
Sei doch nicht so pessimistisch, würde der alte Schang sagen. Und alles hat seinen Sinn, auch das Unordentliche.
Ich war heute wieder auf seinem Grab. Ein beefeutes schmiedeeisernes Kreuz und ein Blumenbeet, Vergißmeinnicht und Begonien. Ist Sprache Heimat? fragte ich ihn. Und eine Stimme in mir erzählte die Genesis. In unserer Ursprache, Schang.

GIFT

Aufarbeitung des Jahres 1984, erster Akt. Sie geschah erst drei Jahre später. Zuerst mußte wohl Ruhe einkehren in Herz und Hirn des Chronisten, der in diesen Jahren kreuz und quer durch Europa hastete. Die Schrift im Zettelkasten zeugt aber trotzdem von einer fortwährenden inneren Nervosität. Ist streckenweise fast unleserlich, manches nur elliptisch angedeutet, dann auch die vielen Fragezeichen. Warum hatte ich's nicht gleich in die Maschine getippt? Als wäre ich meiner Sache nicht sicher gewesen, als wollte ich die Erinnerung sich verfremden, in widersprüchliche Deutungen ausufern lassen? Werde ich nun versuchen, objektiv zu sein, oder werde ich mich vom Spiel auf dem Tastenfeld leiten lassen? Schalt' den automatischen Piloten ein, Pierre?
1987: Das Häuschen im Grünen am Stadtrand, das ich seit '79 bewohne, ich hab's nun erworben, die senil gewordene Vermieterin hat man im Altersheim untergebracht. Die fetten Arnaud-Jahre haben mein angelegtes Vermögen mehr als verdoppelt. Schämst du dich nicht, Pierre? Nein. Das gibt Bewegungsfreiheit für die verbleibende Zeit.
Versuche seit einigen Tagen, mit diesem tragischen Jahr '84 endlich fertigzuwerden. Zu Hause schaff' ich's

nicht. Es hängen und liegen da zu viele Andenken herum, die geballt auf mich einstürzen und den Chronisten daran hindern, methodisch vorzugehen. Geh doch in den Wald, würde Schang sagen, das ist die beste Art, die Sache in deinem Kopf zu ordnen. Ich hab' das oft getan, als ich das Velo noch hatte. Dann hat man mir das Velofahren verboten, zu gefährlich für einen alten Mann.
Also den Rucksack geschultert und mich auf Wanderung begeben. Gemächliches Wandern auf den dunkelgrünen Wogen in der Brise, von Wellental zu Wellenkamm. Wandern die Toten mit mir? Schweben sie im eigentümlichen Licht, das durch den schütteren Laubwald fällt?
In einem Ginsterdickicht hab' ich mir ein halbes Dutzend Zecken ins Hemd geholt. Die Förstersfrau vom Schäferplatz zieht sie mir mit der Pinzette heraus, Linksdrehung, mit Alkohol abgetupft. Der Förster schenkt mir einen Vogelbeerenschnaps ein. Wo schlafen Sie heut' nacht? fragt er. In meinem schottischen Zelt, sag' ich. So schwer bepackt, sagt er, meinen Rucksack begutachtend, in Ihrem Alter. Eben, sag' ich, in meinem Alter. Er schüttelt den Kopf. Ich schüttle den meinen auch. Wir lachen. Wie gut das tut.
Ich wandere eine Front von bemoosten, feuchten, mit wasserigen Venen versehenen Felsriesen ab, vom Licht silbern gefärbt. Ich lasse die Abnormität dieser Konstruktionen auf mich wirken. Giganten mit Erkern und Höckern und haifischartigen Nasen. Dann legt sich ein riesiger Leib quer, wie ein aus Ton oder Teig gekneteter Dinosaurier, die Stromlinien wie mit der Spachtel

gezogen. Vom Meer und vom Eis blank geleckt. Was sagst dazu, Schang? Was ich sage? Hm ... Holst dir die Antwort in einer weiteren Jahrmillion. Und wir schauen uns die Sache dann von deinem Stern aus an, gell, Schang. Er lacht meckernd.

Eine geräumige Überdachung lädt zum Picknick ein. Die Leute hier picknicken stets, wenn sie einen zum Picknick geeigneten Rastplatz finden, ob sie nun Hunger haben oder nicht. Ich tu' es ihnen gleich, als ob ich zu ihnen gehörte. Warum nun dieses „als ob"? Hab' jetzt keine Lust, mich dazu zu äußern. Picknick, also. Das Geborgensein und die grüne Stille um mich herum durch ruhiges, gleichmäßiges Kauen verinnerlichen.

Ein paar Schritte entfernt, schalenartige Vertiefungen im Felsboden. Sie führen zu einem Klotz, auch mit einer Schale versehen, die aber hier eine kreisförmige Abzugsrinne vorweist. Welchem Gott opferte man hier? Nein, sagt der Archäologe, hier wurden keine Blutopfer dargebracht. Durch die Rinne lief das ausgepreßte Öl ab. So beruhigend ist das. So beruhigend banal.

Ich müßte nun zur Sache kommen. Mein Diktiergerät will's aber nicht. Es kapriziert sich auf den von der Erosion bearbeiteten Felsriesen. Es faszinieren mich die Hunderte von Waben, wie in einem urweltlichen Bienenstock, größere, kleinere, gruppenweise oder isoliert, dann die aufgefrästen Rillen, die hineingefressenen Löcher und die gedrungene Kiefer, die sich an einer Nase festgekrallt hat. Ein Seil hinaufwerfen, sag' ich mir, und mich am Bienenstock hinaufhieven bis

zum spitzen Höcker oben, wenn Tschuggmell da wäre.
Erstbesteigung. Rotpunkt. Lach nicht, Liv. Doch, das
war nicht Liv. Halt's Maul, Schang.
Sie kamen in der Nacht zu mir ins Schottenzelt. Erzähl
nun, wie's war, fordern sie. Erzähl du, Michel, sag' ich.
Fang du an. Schalte dein Gerät ein, Pierre, sagt er.

Ich hab' dich gestern abend in der Disko gesehen. Wie
hattest du dein Haar toupiert und mit Glitzerspray drüber, na na. Und mit diesem Lackaffen geschmust. Ausgelassen warst du, ich sagte mir, das kann sie doch nicht
sein, die Fremde vom Schienenbus. Du mußt dich
geirrt haben, Michel. Dann rutschte dein Blick 'rüber
zu mir und das eine Mandelauge schien zu zwinkern.
Was ich mir nicht einbilde! Dann dein nackter,
schweißiger Rücken. Ich fuhr wie aus Versehen beim
Tanzen mit meinem Handrücken drüber. Du hast mich
kurz angeblickt, und das Mandelauge hat nun wirklich
gezwinkert. *Female sweat* spielten die Tigers. Sie, mit
den verrücktesten Accessoires behängt. Tut im Zug, als
käme sie von einem fremden Planeten, und hier, *la
femelle*, wie von der Kette. Und, oh, das Parfüm!
Plötzlich war sie weg. Der Lackaffe watschelte immer
noch herum, er hatte es gar nicht gemerkt, daß sie nicht
mehr da war. Wo ist sie hin? Wie vom Boden verschluckt. Und am Montag sitzt sie dann wieder im
Zug, als wär' nichts gewesen, und vergräbt sich in ihren
Roman. Ich war heute abend als erster im Wagen. Hab'
ein Fragezeichen in den Laum gezeichnet. Jetzt blickt

sie auf. Ein Lächeln huscht über ihr Gesicht. Also doch. Dann wischt sie mit dem Zeigefinger das Fragezeichen aus und zeichnet Wellenlinien unter die gelöschte Frage. Wie deute ich das?

Am folgenden Samstag in der Disko. Wieder diese verrückten Behänge, wieder dieser nackte Rücken, Mandelaugen, Schmollmund und schwindelerregendes Dekolleté, wieder dieses Parfüm, das einem den Verstand raubt. Wieder der Lackaffe um sie 'rum. Zieh Leine, fauchte ich ihn an. Er wollte aufmucken, da scheuchte sie ihn mit einer leichten Handbewegung weg, blies ihn quasi fort. Michel, sagte ich. Audrey, sagte sie. Ihre Augen. Ihre leicht bebenden Lippen. Was soll ich sagen. Ich war weg, ganz weg. Jede Berührung wie ein elektrischer Stoß. Gegen ein Uhr wollte sie nach Hause. Ob sie motorisiert ist? Nein, sie wohnt nicht weit von hier, am Ausgang des Marktfleckens, ihre Mama hat sie hergebracht. Ob so ein atemberaubendes Geschöpf in meine klapperige uralte Ente hineinpaßt? Sie findet das amüsant. Ich versuche, sie zu küssen, sie legt mir den Finger auf die Lippen. *Tt, tt,* flüstert sie, *pas si vite,* Michel!

Wir fuhren in einen großen Hof hinein. Im Lichtkegel erschien, riesengroß, ein Name. Mir stockte der Atem. Wie heißt du eigentlich, fragte ich sie. *Etzläär,* sagte sie, *Audrey Etzläär.* Scheiß *Etzläär* sagte ich mir, Heitzler, heißt das, Heitzler! Ich hätt's erraten sollen, daß sie eine von hier ist, schon an ihrem leichten Akzent. Und jetzt auch noch dem Heitzler seins. Ich bin wie vor den Kopf gestoßen. *Et toi,* fragte sie, *tu t'appelles comment?* Balzli. Michel Balzli.

Jetzt trifft sie der Schlag. Wir stehen einander gegenüber und wissen nicht, wie's weitergehen soll. Sie faßt sich als erste.
Im Hof steht ein nagelneuer Bus. Willst du ihn dir anschauen? fragt sie. Modernster Komfort. Papa will den Warentransport aufgeben und voll in die Touristik einsteigen. *C'est plus rentable ... et plus propre.* So so, sag' ich und, aha. Und denke: Was wird dann aus dem Balzli Robert?
Wir hätten in den Bus steigen können. Wir hätten ... wir hätten ... Denn was gingen uns unsere Alten an? In mir loderte es. In ihr wahrscheinlich auch. Es war ziemlich kühl, sie begann zu zittern. Ich nahm sie in meine Arme. Ihr Leib bebte, es war nicht mehr vor Kälte. Dann riß sie sich los. *A bientôt, Michel,* hauchte sie. Es gab kein *à bientôt* mehr. Als ich Wochen nach der Affäre wieder in die Disko kam, tat sie, als ob sie mich nie gekannt hätte. Der Lackaffe begrüßte mich mit einer obszönen Geste. Mein erster Impuls war, ihm die Faust in die Fresse zu hauen. Da traf mich ihr Blick, wie der einer Sphinx. Ich war wie gelähmt. Unterwegs demolierte ich die Ente gegen einen Straßenbaum. So, das wär's.

Etwas schnüffelt an der Zeltplane, das weckt Pierre. Er räuspert sich laut, ein Grunzen draußen, und das Tier trollt sich krachend ins Gebüsch. Eine Sau, wahrscheinlich eine halbwüchsige, sagt sich Pierre. Das Kreuz schmerzt ihn. Das Moos-, Farn- und Reisiglager erinnert ihn an schlecht aufgeschüttelten Kasernenstrohsack. Weit im Wald drin Hundegebell, dann Schüsse. Da sind welche auf der Sauhatz. Schlecht geschlafen, nicht nur wegen dem harten Lager. Was war das mit Michel? Ein Alptraum? Erinnerung an Erzähltes im Halbschlaf ausgearbeitet, vielleicht sogar ausgeschmückt?

Helfen Sie dem Jungen, der ist ganz durcheinander, flehte mich die Maria an, seine Mutter. Ich schickte ihn zu Liv.

Ich wasche mich dürftig an der Quelle. Zum Frühstück Joghurt und Banane. Ich freue mich auf ein deftiges Mittagessen unten im Tal. Das Hundegebell links und der Knall der Büchsen rechts werden immer lauter. Wie komme ich durch die Schützenkette? Ich muß unbedingt vom Pfad weg auf die Forststraße.

Halt! brüllt's vor mir, haben Sie die Warntafeln nicht gesehen? Und Heitzler bricht aus dem Gebüsch wie ein wütender Keiler. Ich bin baff. Dem gehört wohl das ganze Land, was? frag' ich mich.

- Sie kenn' ich doch?
- Oh ja, Monsieur Etzläär, wir kennen uns. Nehmen Sie den Lauf Ihrer Büchse hoch!
- Was suchen Sie denn hier, Herr ... Herr...?

Ich schweige, schaue ihm scharf in die Augen. Ich spüre bei ihm Unsicherheit aufkommen und sage mir: Jetzt stich zu, Pierre, mit der Saufeder. Da hat er sich aber wieder gefaßt.

- Gehen Sie sofort auf die Straße 'runter, wenn Sie nicht ins Schußfeld geraten wollen, durch ihre Unvernunft!

– Sie fragen mich nicht nach dem Balzli Robert, Herr Heitzler? Wie es ihnen geht, den Balzlis? Ob er wieder Arbeit gefunden hat? Nach dem alten Schang brauchen Sie ja nicht zu fragen, der ist gut aufgehoben, gelle?
Heitzler ist klein, stämmig, mit einem rotgeäderten Gesicht. Unter buschigen Brauen suchen böse Augen meinen Blick auszustechen. Er senkt den Lauf seiner Büchse und kommt langsam auf mich zu:
– Sie wollen mich herausfordern, Herr Stampfler. Das wird Ihnen nicht gelingen. Ich hab' mir in dieser Sache nichts vorzuwerfen. Das ist mir von der Behörde bestätigt worden. Also hauen Sie jetzt schnellstens ab. Und lassen Sie sich in meinem Revier nie mehr blicken!
Er macht kehrt und geht auf seinen Posten zurück. Da bricht urplötzlich ein Keiler durchs Stangenholz und fegt wie ein Geschoß zwischen uns beiden hindurch. Heitzler schießt ihm nach, die Kugel schlägt auf einen Felsblock und sirrt als Querschläger durch die Luft. Heitzler tobt. Ich stampfe lachend den Hang hinunter. Aber was hat's genutzt? Sein Gewissen ist mit Panzerschuppen bekleidet und unzugänglich gemacht. Sein Unternehmen expandiert. Und er ist in die Politik eingestiegen, ganz groß. Gegen den bist du nur ein Wicht, Pierre. Ich lache trotzdem und setze mich außer Schußweite auf eine Aussichtsbank. Und der alte Schang lacht leise mit. Den Keiler, flüstert er mir ins Ohr, den hab' ich euch geschickt. Gut gemacht, Alter! Aber jetzt erzähl du, wie's geschah.

❖ ❖ ❖

– Robert, ich hab' dich gesehen, es war gestern abend, du hast Fässer abgeladen und in die Grube gerollt. Dann hast du mit der Planierraupe, die die Gemeinde dort abstellt, Bauschutt drüber geschoben.
– Du spionierst mir nach, Vater?
– Ich kam zufällig verspätet vom Wacholderberg 'runter, wo ich nach den Apfelbäumen geschaut hab'.
– So so, Vater, zufällig!
– Robert, ich weiß, du fährst Giftmüll für den Heitzler, irgendwohin, der dort entsorgt wird. Man wird dich dort abgewiesen haben, weil vielleicht etwas nicht stimmte, mit den Papieren.
– Erzähl doch keinen Quatsch, Vater! Bei mir stimmen die Papiere immer!
– Ja, hast du nun die Fässer in die Grube gerollt, oder nicht?
– Frag doch nicht, du hast's ja gesehen.
– Und du hast gewartet, bis es dämmert.
– Warum hast du dann bis heute gewartet, Vater, um mich damit zu kujonieren?
– Ich war wie vor den Kopf geschlagen. Ich mußte drüber schlafen. Von Schlaf aber war keine Rede. Robert, das Zeugs holst du in einer Fabrik ab, die Holzschutzmittel herstellt, da gibt's Destillationsrückstände. Und die könnten Dioxine enthalten. Erinnere dich an die Katastrophe von Seveso, in Italien.
– Entschuldige, Vater, aber jetzt spinnst du total.
– Wenn du's nicht glaubst, dann frag doch deinen Sohn, der studiert Chemie. Der wird dir sagen, was Dioxine sind. Schon ein Millionstel Gramm kann Krebs verursachen!

- Na ja, Vater, klar daß da Chemie drin ist, in den Fässern. Aber die Fässer sind aus Stahl, und der Sud ist mit Kalkmehl eingedickt und unschädlich gemacht. Nein, ich bin nicht abgewiesen worden, ich hab's nur nicht mehr geschafft und am Montag muß ich nach Spanien. Mach doch keine Geschichten, Vater. Die Gifte lösen sich im Kalkmehl auf, das sagt dir jeder Spezialist.
- Das erzähl' einem anderen, Robert. Und wenn's so wäre, warum hast du das in aller Heimlichkeit getan. Und wenn die Fässer so ungefährlich sind, dann lagere sie doch in deinem Hof, oder beim Heitzler, bis du wieder hinfährst! Robert, du mußt die Fässer wieder rausholen!
Robert schwieg. Ich wußte auch warum, Pierre. Er hat auf Befehl vom Heitzler gehandelt.

Ein Häher schreit mich an, als ich aufstehe. Warum hast du dich der Sache nicht besser angenommen, schreit er, der Alte würde noch leben. Aber hat der Alte nicht gesagt, du läßt die Finger von der Sache, Pierre. Das ist mein Problem. Und der Alte ging zum Heitzler.
- Heitzler, sagt dem Robert, er soll die Fässer wieder ausbuddeln.
- Seid ihr denn alle geschossen! Sie ausbuddeln? Wozu denn? Die sind dort gut aufgehoben. Bis die durchgerostet sind, vergeht ein Jahrhundert!
- Hört mal zu, Heitzler. In hundert Jahren wird es noch Heitzlers geben und Balzlis. Wollt Ihr denn unsere Nachkommenschaft vergiften?

– Jetzt hört Ihr mal zu, alter Mann: Erstens ist das Zeugs ganz ungefährlich. Das kann ich schriftlich haben. Zweitens wird damit nicht ärger vergiftet, als es die meisten bei euch tun, Schreiner, Maler und ihr alle. Was nicht schon alles an Dreck hier hineingekippt wurde! Drittens, so schlimm mit der Umweltverschmutzung, wie es die verrückten Grünen herumschreien, ist es bei weitem nicht, das ist ja die reinste Hysterie! Die Natur verdaut das meiste, Alter, sie ist ja selber Chemie. Und viertens: Hab' ich die Fässer hineingerollt oder Euer Schwiegersohn? Auf Befehl von mir, vielleicht? Wer kann mir das beweisen? Der Robert Balzli vielleicht? Am Tag darauf wurde der Hund, der vergebens auf die tägliche Promenade gewartet hatte und sich dann selbständig machte und wahrscheinlich neben dem Bahndamm einem Hasen nachjagte, von Heitzlers Jagdhüter erschossen. Ich hatte Euch schon ein paar Mal gewarnt, sagte dieser zum Alten.

– Mit der Giftsache hat es nichts zu tun, Pierre. Ich hätte besser auf den Hund aufpassen sollen.

Tränen rollten über das zerfurchte Gesicht.

Der Rest ist schnell erzählt. Ich ging zum Ortsvorsteher, damit die Sache gütlich bereinigt werde. Wußte ich, daß er mit dem Heitzler verschwägert war? Die Fässer wurden zwar sofort von den Gemeindearbeitern wieder ausgegraben, die Rechnung bekam Balzli zugeschickt. Der Abtransport zur Entsorgung ging dann auch auf seine Kosten. Der Balzli solle froh sein, daß der Heitzler ihn trotzdem behalte, sagte der Ortsvorsteher zu mir, und daß keine Anzeige wegen Versuchs der Grundwasservergiftung erhoben worden sei. Basta!

– Wir hätten den Mund halten sollen, Pierre. Der Inhalt der Fässer soll wirklich unschädlich gewesen sein, ein Chemiker der Fabrik hat's bestätigt. Aber es war geschehen, nun, und das Unheil nahm seinen Lauf. Balzli war außer sich vor Wut, Wut auf seinen Schwiegervater, auch auf mich, besonders aber auf Heitzler. Was hat sich dann dort abgespielt? Der Robert hat kein Wort drüber verloren. Wir vermuteten, daß der Algerienkämpfer im Jähzorn seinen Chef zusammenschlug. Von einer Anzeige sah dieser wohlweislich ab, Balzli aber wurde fristlos entlassen. Als ich ihm anriet, vor Gericht zu gehen, auf meine Kosten, warf er mich hochkantig hinaus.

– In der ganzen Umgebung wird ihn kein Patron mehr einstellen, Pierre. Er ist gezeichnet. Und im Dorf gehen ihm alle aus dem Weg, mir übrigens auch.

Da bekam ich einen Auftrag von Arnaud und verreiste für eine Woche. Hat's diesen Auftrag wirklich gegeben? Oder bin ich aus Feigheit einfach geflohen? Und was war mit Michel in diesen bösen Tagen?

Als ich zurückkam, fand ich den Alten im Krankenhaus. Am selben Tag verschied er. Er hat sein letztes Geheimnis mit ins Grab genommen.

Nach einigen Wochen verkauften Balzlis ihr Haus sowie das des Alten und zogen in den Süden zu ihrer Tochter. Michel fuhr nicht mit, er wollte auch nicht mehr weiterstudieren.

– Der Chemiker der Fabrik hat gelogen, Pierre.
– Woher weißt du das?
– Mein Professor.
– Und?

- Er sagte, da die Fässer raus sind, ist alles okay.
- Schade, daß der Großvater es nicht mehr erfuhr.
- Ja, schade.
Helfen Sie dem Jungen, flehte mich die Maria an, als sie wegfuhren, er ist ganz durcheinander. Wie schon gesagt, ich schickte ihn zu Liv.
Der Eichelhäher belfert immer noch. Jaja, ich geh' schon. Es ist ein herrlicher Abend. Das Geknalle hat längst aufgehört. Die große Stille hüllt mich ein. Nur mein Magen knurrt und erinnert mich an das vergessene Mittagessen.
Ich müßte jetzt mit jemandem Vernünftigem reden. Es ist aber niemand da. Oder doch? Der Schiffer von Kvalsund? Der Mönch von Fort Augustus mit dem etwas schiefen Mund? Mein galizischer Pan Bog? Und ich frage ihn:
- Was hab' ich wieder falsch gemacht? Warum pfusche ich nur immer? Wozu bin ich denn eigentlich da?
- Wir wissen beide, daß du kein Held bist. Was fang' ich aber auch mit Helden an? Die interessieren mich nicht.
- Gib mir Antwort: Wozu bin ich da?
- Da du schon die Frage stellst, wirst du auch die Antwort finden.
- Ich hätte gern Klartext von dir, endlich.
- Alles zu seiner Zeit, Pit, alles zu seiner Zeit.
- Was hast du noch vor mit mir?
Da war er weg.

LIV II

Aufarbeitung des Jahres '84, zweiter Akt.
Habe mich für einige Tage bei Lüi einquartiert. Auf seinem Hof tummeln sich Vorstadtkinder, Algerier der dritten Generation.
- Die blühen hier auf. Die hatten ganz verlernt, was ihre Großeltern noch wußten: innigen Kontakt zur Natur halten. Wer die Natur achtet, der achtet auch den Menschen. Sogar ihre Sprache haben sie vergessen, aber da ist's zu spät.
Lüi war nach dem Krieg einige Zeit in Algerien gewesen, als Volontär auf einem Weingut. Von dort hatte er eine solide Abneigung gegen das Kolonialsystem und beachtliche Kenntnisse im Arabischen mitgebracht.
- Ob ich sie nun in meiner Sprache oder in Arabisch anspreche, das ist für sie ein und dasselbe, sie machen da keinen Unterschied! *J'pige que dalle, parle français!* sagen sie dann. Es ist genau wie bei unseren Kindern. Die große Dampfwalze ebnet alles ein. Und das nennt man Modernität. Na ja. *Mektub!*
Ich nehme einige von ihnen mit in mein Paradies. Ich mähe meinen Schlangenpfad durch die zwei Meter hohen Brennesseln, sie schleichen hinter mir her wie Indianer. Dann lauern wir der Bisamratte auf, die

kommt auch gleich und zieht wie auf Geheiß ihre Spur durch den grünen Algenbrei. Ich ziehe das Boot aus dem Versteck, und wir rudern hinüber zur Insel. Wir schneiden Dornenhecken ab und hacken die Wurzeln aus dem feuchten Boden, kratzen das Moos von der Steinbank, säubern die Laube, scheuern Tisch und Bänke. Nach getaner Arbeit gibt's einen Imbiß, ich zünde ein Lagerfeuer an, um die Mücken zu vertreiben, dann erzähle ich ihnen mein Märchen vom Engel, der nach dem großen Weltuntergang hier versuchte, eine neue Menschheit zu schaffen. Ich schmücke natürlich kräftig aus und komme mir wie ein orientalischer Märchenerzähler vor. Noch nie hatte ich eine solch aufmerksame und gespannte Zuhörerschaft.
– Was ist das, ein Engel? fragt einer.
– Ich weiß, wie der Engel heißt, sagt ein anderer; das ist Dschibrill, den hat Allah zum Propheten geschickt.
Es ist wenigstens einer darunter, sage ich später zu Lüi, der noch nicht ganz unter die Dampfwalze geraten ist.

Oktober 1984. Sieben Monate sind seit der Giftaffäre vergangen.
Sie weiß nicht, daß ich in Israel bin. Ich umkreise sie weiträumig. Will ich zuerst ihr Land kennenlernen, bevor ich sie wiedersehe? Ist es eigentlich ihr Land? Was war dann Mo i Rana, was war Genf? Und was weiß ich eigentlich von ihr? Ein paar Tage Mo, ein paar Stunden Paris und eineinhalb Tage Malbun, das war alles. Und Briefe aus Mo, aus Genf, aus den Staaten.

Dann der Stapel kurzer, herzlicher Briefe aus Israel. Ruf sie doch an, plagte mich der Alte. Ich versuchte es zweimal. Anrufbeantworter. Es war nicht ihre Stimme. Ich legte wieder auf.
Pit bereist das Land, nicht als Bildungstourist, der Sehenswürdigkeiten abhakt, nein, in den überfüllten Bussen, kreuz und quer durchs Land, läßt er Livs Alltag auf sich einwirken, die Düfte, die Laute, das Laute, das Schnellebige, dann wieder die plötzliche Abgeschiedenheit sonnenverbrannter Erde, die stille Weite verheißt, die nach kaum einer halben Stunde wieder in Hektik umschlägt. Die Exotik nimmt er, ohne sich darüber zu wundern, auf. Schwarze Männer mit wehenden Schläfenlocken und wagenradgroßen Pelzmützen, ein seine Schafherde über einen Hügel treibender alter Araber, Beduinen und Kamele: Na ja, die Klischees, sagt er sich, die man übers Fernsehen in die Welt hinausstrahlt. Wie wird Liv damit fertig? Nimmt sie diese Exotik überhaupt noch wahr? Dann schilt er sich einen Banausen und beschließt, dem Land in Herz und Seele zu schauen.
Er mietet einen Geländewagen und fährt nach Süden zum Toten Meer. Nun steht er vor dem riesigen roten Felsklotz der herodianischen Festung Masada. Er zieht die Wanderschuhe an, hängt sich die Tasche mit Obst und der Wasserflasche um und begibt sich auf den Marsch, den steilen Schlangenpfad hinauf. Der Weg ist äußerst mühsam; der braunrote Stein sondert Gluthitze ab. Hinter ihm Lachen von Mädchen. Er dreht sich um. Es sind Soldatinnen, das Sturmgewehr umgehängt, das Hemd auf einer Achsel verrutscht, sodaß

man den Träger des Büstenhalters sieht. *Schalom!* grüßen sie, als sie ihn überholen. Die eine dreht sich um, ihr Blick wie eine Frage. Dann schüttelt sie kurz den Kopf und geht weiter. Wo hab' ich dieses Gesicht nur schon gesehen, fragt sich Pit. Nach einer Dreiviertelstunde ist er oben. So weit der Blick reicht, bergige Wüste und das flimmernde Blei des Toten Meers. Jenseits, im Gipfeldunst des Berges Nebo kann sich Mose nicht satt sehen an der Fata Morgana, die der Herr ihm, weit im Nordwesten, hingezaubert hat.

Seine Wasserflasche ist leer. Er füllt sie an einem Wasserhahn, den die vorsorgliche National Parks Authority auf dem Plateau installiert hat. Dann schließt er sich einer Gruppe französischsprachiger Touristen an. Ja, er kennt die Geschichte schon, von der kollektiven Selbsttötung im Jahre 74 der 960 rebellischen Juden, die es vorzogen, in Freiheit zu sterben, als sich den heidnischen Römern zu ergeben. Er will's aber nochmal hören, hier, wo er zu Ende ging, der letzte jüdische Freiheitskampf vor dem Aufstand im Warschauer Getto, 1943. Er legt seine Hand durchs offene Hemd auf die Narbe in der Achselhöhle und erschauert.

Die Soldatinnen haben sich im Kreis auf den Boden gesetzt und singen heitere Volkslieder, dabei in die Hände klatschend. Als er an ihnen vorbeigeht, dreht sich diese eine wieder um und ruft ihm ein fröhliches *Bonjour!* zu. Er bleibt stehen, nickt ihr lächelnd zu, will etwas Freundliches sagen, es bleibt ihm aber im Hals stecken. Dieses Gesicht ... wo hatte er es nur schon gesehen?

❖ ❖ ❖

- Wo warst du heut' nacht? fragt der kleine Rachid.
- Auf meiner Insel.
- Was hast du dort getan?
- Ich habe von einem Berg in der Wüste geträumt.
- Und dann ist dir Dschibrill wieder erschienen, nicht? Wirst du mir's erzählen?
- Nein, Rachid, nicht Dschibrill. Es war der böse Geist des Hasses, des Kriegs.
- Ein Dschinn! Hast du ihn besiegt? Das mußt du mir erzählen!
Was wirst du mit meiner Geschichte anfangen können, kleiner Rachid? Die Geschichten, die unsere Welt heute den Kindern erzählt, die säen nur Verwirrung ... Als mich die Kinder dann am Abend bestürmen, schlage ich ihnen vor, doch zu versuchen, selber ein Märchen zu erfinden. Und Lüis Brabantergäule flogen bis zu den Sternen, während ich mich leise wegschlich. Die Nacht legte sich bereits über den See Genezareth.

Der Vollmond hing über dem Golan. Schwimmen wir noch mal hinaus? fragte sie. An das Mitternachtsbad in Hammerfest denken. Endlich hatte sich der Kreis geschlossen. In langen, ruhigen Stößen, Seite an Seite. In Tiberias gehen die Lichter an. Denken an Mo i Rana. Wir steigen aus dem Wasser, Eva und Adam Hand in Hand und danken dem Engel des Herrn für den Neubeginn.
Jerusalem West, ein Türschild: Liv Ekstad-Bromberg. Ich läute. Ein Mädchen mit äthiopischem Typus öff-

net mir. Es spricht gebrochen englisch. Im Empfangszimmer hängt ein Foto: Liv und Pierre in Malbun, von Tschuggmell aufgenommen. *That's me,* sage ich lächelnd und zeige auf das Bild. Dann geht alles sehr schnell: Du bist es, du! Komm sofort nach Kinneret! Sarah gibt dir Adresse und Wegbeschreibung. Komm! Nimm ein Taxi!

Sie. Ist sie älter geworden, fülliger? Ich merke es nicht. Als wäre diese lange Brücke Zeit nicht gewesen. Ich versinke immer wieder in ihre grünen mit Goldpailletten bestickten Augen.

Du mußt jetzt bleiben, wenigstens bis Februar. Du mußt Galiläa im Frühling erleben. Und dann, Liv? Ja dann, wohin wird's uns treiben? Uns zwei. Es gibt sonst nichts mehr auf der Welt als uns zwei. Krieg im Libanon, Massaker im Libanon? Attentate in den besetzten Gebieten? *Gush Emunim* und *Peace now?* Gestern noch stellte ich mir Fragen, störte es mich, hatte ich Angst, sagt sie. Und jetzt ist alles entrückt, auf einen anderen Planeten.

Was erfuhr ich von ihr, von ihrem Leben vorher?

Zwi ist im Yom Kippur-Krieg gefallen, 1973. Er war sehr lieb zu mir. Ich hatte ihn in Zürich kennengelernt, ein junger Geschäftsfreund von Papa. Zwi Bromberg. Seitdem ... Deinen Michel habe ich einem Freund anvertraut, einem Agronomen. Er volontiert auf der Experimentierfarm in Avdat, im Negev, aber das weißt du ja.

Sie. Jetzt weiß ich: Ich habe eigentlich nur sie geliebt, mich immer nach ihr gesehnt. Warum haben wir so lange gebraucht, bis wir uns endlich fanden? Ist's jetzt die

Vollendung? Doch, es schleicht sich schon wieder ein Schatten ein, ein ganz dünner Schatten unten am Bildrand. Ich muß ihn wegdenken.

Acht Tage haben wir vor uns. Wie werden wir sie ausfüllen? Machen wir die Tour um den See, Tiberias, Kapernaum? Fahren wir in die Drusendörfer des Golan oder zu den heißen Bädern in Hammat Gader? Ich schüttle den Kopf. Einfach bei dir sein, Liv. Am See entlang wandern, im See schwimmen, Gedichte lesen, du bringst mir erste Elemente von Iwrith, Neu-Hebräisch bei, wir schäkern bei der gemeinsamen Essenszubereitung, wir tanzen Slow auf der Terrasse in der Dämmerung, wir lieben uns, immer wieder, ohne Hektik, der sanfte Genuß der Abendliebe.

Wir beobachten den Fischer, der am Morgen sein Netz auswirft. Ich bange um ihn, wenn am Abend vom Hermon der Sturm fällt und die Wogen zum Schäumen bringt. Da zitiert sie Lukas: „Und er wachte auf, herrschte den Wind an und sprach zu dem Meer: Schweig und verstumme!" Du bist aber sehr bewandert in der christlichen Schrift, sage ich. Sie antwortet: Wisse denn, daß ich auch in religiösen Dingen ein Mischling bin!

Wovon sprachen wir noch in diesen Tagen? Sie waren so intensiv, daß mir fast kein Detail mehr in der Erinnerung bleibt, denn über jeden noch so banalen Satz breitete sich das Unaussprechliche aus, und das kann man nicht in Worte fassen.

Am neunten Tag fuhren wir zurück nach Jerusalem. Dort erwartet mich eine große Überraschung. Ich wohne selbstverständlich bei ihr - bei uns. Ich solle mich einrichten, es mir gemütlich machen, sie wolle noch etwas in der Stadt erledigen. Sie sei gleich wieder zurück.

Zwei Stunden vergingen. Plötzlich stürzte Sarah tränenüberströmt herein: Missis Ekstad ... verletzt ... Attentat ... Hadassah Hospital!

Meine bleiche Liv. Die Goldpailletten schwimmen im Tränenwasser, der Mund aber lächelt. Am Bett sitzt eine Soldatin, sie hält Livs rechte Hand in ihren beiden Händen. Sie dreht mir ihr Gesicht zu, da erkenne ich sie: das Mädchen von Masada.

– Pierre, das ist Hana. Deine Tochter. Unsere Tochter.

Da kommt die Krankenschwester und bittet uns hinauszugehen, Mrs. Ekstad müsse nun für die Operation vorbereitet werden. Es werde schon gut gehen ...

Ich beuge mich über ihr Gesicht, meine Lippen berühren ihre Stirn, ihren Mund. Und sie spricht mit kaum vernehmlicher Stimme: *Jej elsker dej. Je t'aime.* Ich habe nur dich geliebt, Pierre ... Hab keine Angst ...

Zu der Beerdigung war auch Michel gekommen. Als die Zeremonie zu Ende war, blieben wir drei eine lange Weile am Grab stehen. Dann ergriff Hana Michels Hand, schaute mich an und sprach nur das eine Wort: Vater.

Ich verstand und legte meine Hände auf Hanas und Michels Kopf. Meine Kinder, unsere Kinder, Liv. *Masel-tow*, Hana, *Masel-tow*, Michel.

Bevor ich heimflog, begab ich mich noch einmal an den See. Ich mied Kinneret, ich hätte die Leere dort nicht ertragen. Ich saß bei Tabgha unter einem Palmblätterdach am Ufer. Draußen, der Fischer in seinem Boot.

Ist es derselbe wie in Kinneret? Da setzte sich ein Mann neben mich. Ich warf Steinchen ins Wasser. Sie haben großen Kummer, Freund, sagte er. Kann ich Ihnen helfen?
Wo ist die Antwort? fragte ich. Wer hat sie? Der Araber, der seinen Gebetsteppich auf dem Trottoir ausrollt, niederkniet und Allah verherrlicht? Vorher haben seine Kinder, als ich vorbeiging, mit der Handkante an der Gurgel die Geste des Halsabschneidens gemacht. Und vielleicht war er es, der vor acht Tagen wie ein Tobsüchtiger in die Menge hineinschoß? Dann die Talmud-Schüler, die mit wehenden Locken und Bärten in kompakten Sechserreihen, die Arme einander um die Schultern gelegt, den Hügel herunter stürmen, und ihr Psalm klingt wie ein Kriegsgesang? Dann die Christen, die in Sabra und Schatilla palästinensische Flüchtlinge abschlachten? Liv ist tot, Mann. Von diesem Land ermordet, das Gottes Heiliges Land sein soll. Hat vielleicht er die Antwort? Er, Allah, Jahwe, Jesus?
- Sie hadern mit Gott, Freund, sagte der Fremde. Aber das ist er hier gewöhnt. Denn er ist Widerspruch, er ist Herausforderung. Und läßt sich tagtäglich deswegen zerfleischen. In der Frau, zum Beispiel, die Sie über alles geliebt haben.
- Auch ich habe getötet, beichtete ich dann mit leiser Stimme, einem plötzlichen inneren Drang folgend. Wieviel gehen auf mein Konto? Wollen Sie alles wissen? Hören Sie also ...
- Lassen Sie, unterbrach er mich, indem er sich das Kinn rieb. Und quälen Sie Ihre Seele nicht weiter. Gott schaut vorwärts.

– Aber wissen möchte ich: Was hat er noch mit mir vor? Wie lange führt er mich noch am Narrenseil herum?
– Alles zu seiner Zeit, Pit, sprach er, alles zu seiner Zeit. Haben Sie doch Geduld.
Hat er Pit gesagt, oder Peetr, oder Pierre oder Pjotr? In welcher Sprache hat er überhaupt gesprochen? Nachher hatte ich den Eindruck, es sei Jiddisch gewesen. Er nickte mir lächelnd zu, stand auf und ging. Ich eilte ihm nach, da war er aber verschwunden.
Und ich erinnerte mich, wie Liv mir mal sagte: Die schönste Geschichte in eurer Heiligen Schrift, das ist für mich die mit Maria von Magdala am leeren Grab. Sie sprach den Gärtner an: Hast du ihn weggenommen? So sag, wo du ihn hingetan, ich will ihn holen. Da sprach er zu ihr: Maria. Und sie erkannte ihn: Rabbuni!
Denkst du an den lieben Gott von Kvalsund, Liv?

Die Kleinen sind heute morgen weg, sagt Lüi. Aber die kommen wieder, in den nächsten Ferien. Es wäre nett, wenn du dann die ganzen acht Tage dabeisein könntest, meinte der Lehrer, du orientalischer Märchenerzähler, du. Ich verspreche es ihm.

I R I S

Was nicht alles auf der Weltbühne passiert ist, in diesen letzten Jahren. Hab' ich's wahrgenommen? Hab' ich mitgefühlt? Haben mich die Steine der Intifada, haben mich israelische Kugeln in die Seele getroffen? Der Egoist sagt sich nur: Gott sei Dank sind meine Kinder nicht mehr dort. Und in Völkerschicksale kannst du dich nicht als Betroffenheitsapostel und auswärtiger moralinsaurer Bedenkenträger einmischen. Hast du denn wenigstens mitvibriert, als die Mauer fiel in Berlin, und als die Schrankenwärterfamilie bei Lodz dem vorbeifahrenden Lech Walesa zujubelte? Oder hast du dich ganz abgesetzt und dich von den Turbulenzen der Geschichte endgültig verabschiedet?
Ich treibe mich im Bergwald herum, helfe hie und da den Wegwarten beim Nachmarkieren und Herrichten der Wanderpfade, beteilige mich hie und da an Ausgrabungen: Keltenzeit, Römerzeit bis Mittelalter, klaube aus den Fugen der steinernen La-Tène-Wälle ovale Steinchen, stumme Botschaften eines Vorfahren, reibe sie glatt, lege sie zu Hause als Amulette aufs Fensterbrett. Nächstes Jahr in Jerusalem, sag' ich dann, leg' ich sie dir aufs Grab, Liv. Doch wie lange schon sag' ich *nächstes Jahr in Jerusalem,* und ich weiß, es wird nichts draus. Der erratische Block hat seinen definiti-

ven Standort gefunden, ist unbeweglich geworden und sinkt so langsam in den Sandboden. Bald werden ihn die Wurzeln der Fichte umfassen, bald Brombeerhecken ihn überwuchern.

Alles ordnen, bevor die Stunde schlägt. Die Tasten der Schreibmaschine hämmern wie ein russisches Maschinengewehr. Leuchtspurträume abschießen, sag' ich mir dann. Bis der letzte Gurt leer ist und das Rohr heißgelaufen. Die Angst dabei, durch eine vorzeitige Ladehemmung nicht zum Schuß zu kommen.

Alle sechs Monate schauen meine Kinder vorbei. Zur Zeit sind sie in Costa Rica, im FAO-Auftrag. Manchmal zittere ich für sie. Dann hör' ich ihr helles, unbeschwertes Lachen. Wo ist aber ihr Heimatbahnhof? Muß man nicht irgendwo einen Platz haben, von dem man sagt: Hier ist's, hier bin ich zu Hause. Da lachen sie wieder. Ein Beduinenzelt bei Tel Arad, sagt sie. Eine Insellaube mit einer Steinbank, sagt er schmunzelnd. Aber das hat noch Zeit, viel Zeit. Und dazwischen wogt das Leben.

Alles ordnen, bevor die Stunde schlägt. Und doch spür' ich, daß es vielleicht zu früh ist, abzuschließen, aufzugeben. Leg' dir noch eine Anzahl leerer Bögen bereit, reinige die Typen, wechsle das Farbband aus, hämmere nicht so auf dem Tastenfeld herum, es wird noch einiges aushalten müssen. Verdammt nochmal, du lebst doch noch!

Und da steht Iris vor meiner Tür. Iris, wie hatte ich sie vergessen können? Ich erkenne sie wieder, nach so vielen Jahren, an ihren großen braunen Augen, an diesem Blick, in den man eintaucht und die Ruhe findet, wenn

um einen herum frivole Hektik und Ausgelassenheit toben. Ich erkenne sie an dem eigentümlichen Glanz, der ihr vom immer noch schwarzen Haar umrahmtes bleiches Gesicht wie von innen heraus belebt. Da steht sie nun, und ich nehme sie in meine Arme.
- Sei gegrüßt, du geflügelte Götterbotin!
- *Je te salue, grand frère! M'accueilleras-tu dans ton ermitage?*
- O ja, wie freut sich der Einsiedler! Von welcher Welt bringst du Botschaft?
Da bemerke ich, daß ihr Cello am Wagen angelehnt steht.
- Wie du siehst, Botschaft von Euterpe ... und Pablo Casals.
Iris, das war Anfang der Siebziger, das war Paris, das andere Paris. Zwischen zwei Tourneen war sie längere Zeit bei ihrer fünf Jahre älteren Cousine Lucy zu Besuch. Wie hatte ich sie nur vergessen können ...
Sie sprach ein wunderbares, klangvoll gesetztes Französisch, mit mir aber wollte sie am liebsten Deutsch sprechen. Sie hatte in ihrer Jugendzeit ein paar Jahre in Wien gelebt, wo ihr Vater Botschaftsrat war. Sie trug Paul Celan mit sich herum und bat mich, ihr daraus vorzulesen. Was wußte ich von Celan? Nur daß er vor kurzem in Paris gestorben war, Freitod. Was wußte ich überhaupt von deutscher Literatur? In dieser Beziehung war ich ein Banause, ein Barbar. Ich sagte es ihr.
- Schämst du dich nicht? tadelte sie mich. Das ist doch deine Muttersprache, nicht?
Meine Muttersprache? Ich war verblüfft. Dann dachte ich nach ... und schämte mich wirklich.

Aus der Hand frißt der Herbst mir sein Blatt:
wir sind Freunde.
Wir schälen die Zeit aus den Nüssen
uns lehren sie gehn:
die Zeit kehrt zurück in die Schale.
Meine Sprache. Von Czernowitz hergeweht nach Paris. Erinnere ich mich an Czernowitz? Alte eingeschüchterte Bukowiner Bäuerinnen mit Kopftuch, Brathendeln auf dem Bahnsteig anbietend. Wo war da meine Sprache, Iris? Im Lager, sagt sie. Dann über Bukarest und Wien nach Paris. Eine eigentümliche Sprache, heimatlos und doch die Heimat in sich tragend, sich selbst Heimat seiend. So wie du.
So wie ich?
In ihrer Gegenwart vergaß ich das Rotzige, das Freche, das ich mir antrainiert hatte. Während es auf unseren Hauspartys nur so wirbelte von Bonmots, Gekicher, Kalauern und Anzüglichkeiten, saßen wir in einer Ecke und ich hörte dem gemächlichen Fluß ihrer Gedanken zu. Und ihre Stimme klang warm wie ein leiser Cello-Ton. Es verbanden uns die paar Wochen, die sie bei uns verbrachte, eine Art von geschwisterlicher Zärtlichkeit, die ich oft verführt war, in ein Liebesverhältnis zu verwandeln, wenn ich ihre zart gegliederte Hand ergriff und jeden Finger einzeln abtastete ... die sie mit einem gelächelten „tt tt" zurückzog.
...wir lieben einander wie Mohn und Gedächtnis,
wir schlafen wie Wein in den Muscheln,
wie das Meer im Blutstrahl des Mondes.
Jetzt ist sie da und im alten Mann steigt eine Wärme hoch, die wie Balsam wirkt. Fragt er sie, wie sie ihn

gefunden habe? Weshalb sie hergekommen sei? Nein, man soll Götterbotinnen nicht ausfragen. Fragt sie ihn, wie er diese lange Zeit verbracht habe? Nein, sie sagt nur, sie habe erfahren, daß er in Israel gewesen sei. Sie wisse auch, was dort geschah. Auch bei ihr habe sich einiges verändert. Ja, diese Einbrüche ... Man glaubt sich so sicher, wenn man schwerelos übers Eis gleitet. Bis es irgendwo, irgendwann bricht. Na ja.
Und sie versuchen, das vor Jahren unterbrochene Gespräch wieder aufzunehmen. Es gelingt ihnen nicht, es hat ja auch keinen Sinn. Er versucht es noch einmal wie damals, das Spiel mit den Fingern. Diesmal zieht sie die Hand nicht zurück. Und da steht Liv vor ihm, nickt lächelnd zustimmend mit dem Kopf. Er aber schließt die Augen und läßt Iris' Hand los.
Wir stehen umschlungen im Fenster,
sie sehen uns zu von der Straße:
es ist Zeit, daß man weiß!
Es ist Zeit, daß der Stein sich zu blühen bequemt,
daß der Unrast ein Herz schlägt.
Sag mir, Liv, sag mir. Bist du es, schließlich, die sie mir zuführt? Ist sie deine Botin? Ihr verwirrt mich.
– *Eh bien voilà, grand frère chéri,* sagt sie nach einer Weile, ich wollte dir, bevor ich nach Polen fliege, noch einmal diese Passage aus Bach vorspielen, die du so mochtest. Habe ich gestern abend in der romanischen Abteikirche im Nachbarstädtchen vorgetragen. Du liest aber anscheinend die lokale Presse und den Veranstaltungskalender nicht.
– Nein, ich lese nichts mehr, weder lokal noch national, noch international. Was wichtig ist, manifestiert

sich so oder so irgendwann. Zum Beispiel von einer Botin zugetragen. Und von ihrem Cello. So wie heute. Sie spielt, Johann Sebastian Bach, Suite Nr. 1, Präludium.
– Behalte die Melodie im Ohr. Vielleicht komm' ich eines Tages wieder zurück? Wenn du ...
Dann führte ich sie aus. Wir aßen in einem lustigen Schlemmerlokal, wir lachten, wir neckten uns, wie gelöst. Zu Hause setzte ich mich ans Klavier und legte ein paar fetzige Jazz-Akkorde hin. Sie stimmte mit dem Cello ein, Pablo Casals und Bach waren vergessen, und wir jamten wie versessen drauf los im West-Coast-Stil, bis uns die Hände lahmten und wir vor Erschöpfung auf die Couch fielen.
Ich träumte von langen blassen Abendzügen, die in fernen Tunnels pfeifen. Dann die Stille, eine klare Xylophonmusik, die in der Abendröte moussiert. Die Abendröte selber wie ein Cello-Grundton. Die Dämmerung fühlte sich an wie Lindenholz, ich malte die verschwimmende Landschaft mit weichem Pinsel hinein, und es entstand ein liebliches Bild, wie von alten niederländischen Meistern. Im Halbdunkel Iris' Hände die Saiten zupfend, den Bogen führend. Und irgendwo im plötzlich gestaltlos gewordenen Raum erahnte ich Iris' Seele wie ein Komma aus Kristall, unschuldig an einem Satzglied hängend. Nur konnte ich den Satz nicht dechiffrieren. Immerhin, sagte ich mir, ist es kein Fragezeichen, auch ist der Satz nicht zu Ende geführt. Doch wer wird das Ende schreiben?
Ich erwachte jäh. Die zierliche Gestalt in meinen Armen, leicht und warm, wie ihre Musik. Wie ein

Präludium scheint es mir plötzlich. Und ich erinnere mich: Schon damals kam sie mir so vor. Wer ist Liv? fragte sie mich unvermittelt am letzten Abend in Paris. Hatte ich ihr von Liv gesprochen, oder war es Lucy? Ich kam ins Stottern. Liebst du sie noch? fragte sie. Ich wette, du träumst noch von ihr. Ich schwieg. Tja, sprach sie dann nach einer Weile, so ist's mit dem Traum. Man läuft ihm nach, umsonst, denn man fängt ihn nie wieder ein. Du läufst aber trotzdem weiter, denn so lange du läufst, gibt's irgendwo diesen Traum. Dann verabschiedete sie sich. Und ich ich machte mich auf die Suche nach Liv, fand sie aber nicht mehr ...
Und nun, Iris? Ich muß gehen, sagt sie. Sehen wir uns wieder? frag' ich sie. Sie bleibt mir die Antwort schuldig, aber sie lächelt mich innig an. Ich muß nun fahren, wiederholt sie. Ein Konzert in Warschau, eines in Lublin. Vielleicht mach' ich anschließend einen Sprung in die Ukraine, nach Czernowitz? Das Visum hab' ich bereits. Es wäre nett gewesen, wenn du hättest mitkommen können, da du doch die Gegend kennst. Nein! entfährt es mir brutal, nie wieder, hörst du, nie wieder! Entschuldige, sagt sie verlegen, ich hatte es vergessen ...
Nun sitzt sie in ihrem Wagen. Nun ist sie fort, die Götterbotin. In meinen Ohren klingt ein letzter Celanscher Satz nach:
Es ist Zeit, daß es Zeit wird.
Es ist Zeit.
Oui, il est temps, il serait temps, enfin ... Aber laß mich, Iris, zuerst noch einmal das Gorvion-Orakel befragen.

GORVION

Ich hab's noch einmal geschafft, Liv. Ich stehe auf dem Gorvion, 2306 Meter, bewältigter Höhenunterschied: 700 Meter. Mein Arzt würde Augen machen, wenn er mich hier sähe. Laß das, sprach er warnend, als ich ihn von meinem Vorhaben unterrichtete, nochmal auf einen Berg zu steigen. Aber was verstehen Ärzte schon von der verlockenden, berauschenden Kraft der Sehnsucht, die einen unversehens packen kann ... auch wenn man schon ein alter Knacker ist! *Et puis,* Bypass hin, Bypass her, ich wußte, daß ich es schaffen würde. Und die Luft war so leicht, heute morgen beim Aufbruch. Der Hüttenwirt vom Bettlerjoch sprach wohl von einem drohenden Wettersturz. Federwolken und Morgenröte seien sichere Zeichen dafür. Aber bis der da ist, bin ich wieder unten, sagte ich. Ich will mich ja nur ein bißchen umschauen, hier oben, dann geht's wieder hinunter zum Nenzinger Himmel. Ich verriet ihm also nichts von meinem Vorhaben und trug mich auch nicht ins Hüttenbuch ein. Das war eigentlich leichtsinnig von mir. Ist aber dieser Leichtsinn nicht *l'expression suprême de la liberté,* der äußerste Ausdruck der Freiheit? Kein Mensch weiß, wo ich bin, kein Wanderer ist unterwegs, im ganzen Umkreis. Tief unter mir, weit weg in einem dunstigen Irgendwo wird wohl die Welt

wuseln. Ich bin ihr enthoben. Ich stoße einen Jauchzer aus. Und schelte mich gleich darauf einen alten Simpel!
In diesem dunstigen Irgendwo liegt auch das Stückchen Erde, das ich Heimat nenne. Warum denke ich jetzt an sie. So als wäre sie weit ans Ende der Welt entrückt, als hätte ich sie seit Jahrzehnten nicht mehr erlebt, die so plötzlich fremdgewordene, und hatte sie doch erst vorgestern verlassen. Aber war sie mir nicht von Anfang an fremd. Fremd und vertraut zugleich. Ich denke an sie und rufe ihre Bilder her, doch die wollen sich nicht einstellen. Ich drücke die Augen zu. Komm doch her! sag' ich. Wie sahst du aus, vorgestern noch? Zeig dich doch nochmal! Und sie kommt langsam angerückt, von einem Zoom hergeführt. Bist du es?
Auf dem Margeritenmättel steht Tanjas Hütte. Hasen hoppeln aus dem Erlenwäldchen heraus. Auf dem Türsturz eine halb verwischte kyrillische Inschrift. Ich trete ein, suche nach der Ikone. An ihrer Stelle ein Kreuz, und das Innere sieht wie eine schottische Mönchszelle aus. Irgendwo höre ich Lüis Hund kurz anschlagen. Oder war es das „Klong" eines Kolkraben? Der Pfad ins Wäldchen ist breitgewalzt. Da ist Lüi wieder mit seinem Trecker durch! Den Pfad entlang bis zum Abstellgleis mit den polnischen Waggons. Im Westen hängt die Blutorange über den Bergstoppeln. Bald wird eine Wettertanne sie aufspießen, dann läuft sie aus. Beeilen wir uns, bevor der Wettersturz kommt. Ich laufe zurück zum Baggersee und ziehe das kleine Boot aus dem Schilf, finnmärkische Mückenschwärme

umschwirren mich, aber keine sticht zu. Ich rudere hinüber, eine Bisamratte teilt vor mir den grünen Algenbrei. Ich setze mich auf die Steinbank vor Vaters eingestürzter Laube. Ich bin angekommen. Angekommen?
Unsinn. Weg mit dem Tagtraum! Du bist doch nicht deshalb hier 'rauf, Pierre! Laß das alles hinter dir. Schau, die Bergsonne spielt mit Livs Haar, in Livs Augen, auf Livs unvergleichlichem Körper.
Weißt du noch, Liv, was der damalige Hüttenwirt schmunzelnd zu uns sagte ... vor wieviel Jahren war das schon? „Der Gorvion? Das ist ein Fleckchen Erde, den selten ein Mensch betritt. Da geht höchstens einmal im Jahr einer hoch. Ein keckes Felshütchen wohl, ein bißchen Kaminkletterei nach dem Einstieg auch, kinderleicht, aber sonst eigentlich uninteressant. Na, für Verliebte aber bestens geeignet!" Wir verbrachten hier unsere schönsten Stunden, Liv.
Wir waren von Malbun aufgebrochen. Auf dem Sareiserjoch lag in Mulden stellenweise noch Schnee. Wie Kinder rieben wir uns gegenseitig das Gesicht ein. In der Hütte gab es eine kräftige Erbsensuppe und anschließend einen ätzenden schweizer Obstler. Der Atem blieb dir kurz weg und du liefst rot an. Wohin jetzt? fragtest du, als wir vor die Hütte traten. Vor uns der Naafkopf, die schöne schwarze Spitze die aus dem weißen Kragen herauslugte. Nein, da läuft ja alles hinauf! sagte ich, und deutete auf den Gorvion, hinter uns. Das ist es, unser Ziel, sagte ich. Und der Hüttenwirt lächelte.
Pfadlos querfeldein und mühsam im Zickzack auf den

langen Grat, und nach einer Stunde standen wir am Fuß der Mauer aus ineinanderverwachsenen riesigen Klötzen. Diese ringsumlaufende Felswand bildet eine Krone, an deren Stirnseite zwei kleine Hörner herausragen. Müssen wir wirklich da hinauf? fragtest du ängstlich. Nach einigem Suchen fand ich den Einstiegskamin mit den übereinandergelegten Blöcken, holte das Seil aus dem Rucksack. Komm, sagte ich, sicher ist sicher, und band dir das Seilende um die Hüfte. Ich stieg voran, sicherte, du kamst nach, eigentlich ganz leicht, wie eine Gemse, fanden wir beide und lachten übermütig. In wenigen Minuten waren wir auf dem grünen, leicht abschüssigen Gipfeldach. Auf seinem Giebel ein von zwei Felssäulen flankierter Steinthron. Dort saßest du eine lange Weile, ergriffen, stumm.

Ich sitze nun auf diesem Steinthron und spreche in mein Diktiergerät. Das Buch ist fertiggeschrieben, es fehlt nur noch der Epilog. Was vielleicht noch zu sagen wäre. Ich kann es aber nur noch andeutungsweise. Was wichtig ist, schweigt in den Pausen.

Liv. Ich sitze auf dem Steinthron ... oder ist es ein kanaanitischer Altar? Ich stehe auf, strecke die Arme nach den beiden Hörnern aus. JHWH, hörst Du mich? *Schema Israel ...* flüstert weit, weit enfernt deine Stimme, Liv.

Vor mir hüpfen zwei Alpendohlen hin und her, auf Kekskrümel hoffend. Im weiten Kreis die Rätikonberge, angehaucht von einem seltsamen Licht. Vom Schesaplanastock herüber blinkt rosaroter Firn. Das Naafkopfkreuz sticht schwarz vom weißen Himmel ab. Und kein Lüftchen weht.

Es war im Bergfrühling. Wir lagen im Rasenfilz, von Steinröschen umgeben, deren Fliederduft uns berauschte. Und hier liebten wir uns. *Jej elsker dej,* sprachst du. *Je t'aime.* Du hast es nur einmal gesagt, an jenem Gorviontag, und dann nie wieder. Bis zu jenem anderen, letzten Tag. Die Steinröschen sind verblüht. Es ist Herbst geworden.
Pause, lange Pause. Laß nochmal alles durchziehen, aber sprich es nicht aus. *Rest and be thankful,* sagt eine innere Stimme.
Der Himmel rötet sich. Ein schwarzes Wolkenband hängt am nördlichen Horizont, wo ich den Bodensee vermute. Bald wird es sich zu einer Wand hochtürmen. Über dem Schesaplanastock im Südosten baut sich eine dicke weiße Föhnwolke auf. Wer von den beiden wird Sieger bleiben? Es wäre nun aber Zeit zum Abstieg. Doch ich kann mich nicht dazu entschließen. Das Naturschauspiel hält mich in seinem Bann. Und hatte ich eigentlich nicht vorgesehen, die Nacht hier oben zu verbringen? Um nachzuholen, was wir damals versäumt hatten? Weshalb habe ich denn den Schlafsack und eine Zeltplane, sowie Proviant und zwei Thermosflaschen, eine mit Erbsensuppe, die andere mit Jagertee in den Rucksack gepackt? Soll ich das schwere Zeug umsonst hier 'rauf geschleppt haben? Der Wettersturz? Na und?
Seit einer Stunde schneit es, Liv. Zuerst waren es nasse, schwere Flocken im dichten Fall, dann wurden sie leichter, tanzenden Wattebäuschchen gleich. Ich hab' dann im Dämmer und Gestöber meine Gerechtsame abgeschritten, sie somit auch gleichsam in Besitz

genommen und meinen Bergstock oberhalb des Kamins in einen Felsspalt gesteckt, um morgen früh den Ausstieg nicht zu verfehlen.
Es ist saukalt geworden. Ich liege einigermaßen geschützt in meinem Daunensack am Fuß des Throns, den Kopf auf dem Rucksack. Ich habe die Zeltplane über mich gezogen, ein Zipfel ist an der Felssäule mit der Reepschnur befestigt, die anderen sind mit Steinen beschwert. Die Schneedecke drüber gibt zusätzliche Wärme. Gut, daß ich den Jagertee dabei hab'.
Die Stille, die gewaltige, fast unheimliche Stille. Zum erstenmal in meinem Leben diese absolute Stille. Ich sollte schweigen, um sie nicht zu stören.
Nacht. Ich liege in einer vor Anker gegangenen Wolke. Dann und wann bläht sich das Segel in einem kurzen Windstoß und streut Schneepuder auf mein Gesicht. Wie lange schon hat's nun zu Hause nicht mehr geschneit? Ich erinnere mich plötzlich an den großen Schnee vom Januar '45. Nein, weg damit! Ich hole mir den anderen Schnee her, 1939, der Krieg schlief an der Grenze. Der Baggersee war schon halb zugefroren. Vater stieß mit der Stange die dünne Eisdecke auf, wir brachten eine Fuhre Brennholz zur Insellaube. Wenn der Schnee bis Weihnachten hält, sagte Vater, feiern wir Christabend hier. Wir kamen nie dazu. Und so ist mir die Heimat immer wieder entglitten, Liv, entwichen, vor mir geflohen, setzte sich auf eine andere Insel und lockte mich, mal mit Schnee, mal mit anderen kitschigen Sehnsüchten, und jedesmal, wenn ich glaubte, sie am Zipfel zu erwischen, war sie wieder weg. Nach der Heimat suchen, sag' ich mir

nun, ist ein nicht enden wollendes Rudern durch einen grünen Algenbrei.
Gorvion. Die Thermosflasche ist leer. Wie spät ist es? Wie lange schon döse ich nun? Bin zu schlapp, um auf die Uhr zu schauen. Hab' in meinem Halbtraum deine Stimme gehört, sehr deutlich, Liv, es war Iwrith, hab' nur immer wieder das Wort *lehitraot* verstanden, auf Wiedersehen. Und sonderbarerweise kam deine Stimme aus *mir* heraus, so schien es mir zumindest. Und jetzt spür' ich sie wieder, diese Gegenwart in mir. Ich muß lachen: Das ist sicher der Jagertee, der mein Bewußtsein erweitert hat!
Entschuldige, ich hätte nicht lachen sollen ... Aber jetzt lachst du!
Der Schnee rieselt wie Sand. Judäischer Sand, Negevsand. Oder ukrainischer Lößstaub? Wir sitzen im GMC-Truck, der langsam über die Hügel schaukelt. Wir dösen vor uns hin, atmen die Benzinausdünstungen wie eine bewußtseinshemmende Droge ein. Ein fahler Tag ist's. Wie lange schon sind wir unterwegs. Wie viele fahle Tage, wie viele bleiche Nächte. Das ist das Ende der Zeit, murmelt einer. Quatsch, sagt ein anderer. *Things don't get no better,* wiederholt immer wieder ein dritter. Bis ihn sein Nachbar in die Rippen stößt: Haltsch bald d'Gosch! Ich werfe einen Blick hinaus: verschwommene Landschaft, oder hat sich mein Augenlicht getrübt?
Ein plötzlicher Ruck schüttelt uns durcheinander. Raus, aber dalli! brüllt Karl May. Ich werde aus dem warmen Mief in den fahlen Tag hineingeschleudert, kugle über harten Boden, ein niedriger Dornbusch

reißt mir die Gesichtshaut auf. In Schützenkette marsch! brüllt die Stimme. Ich bleibe liegen, eine alte Erfahrung, schon mehrmals erprobt, hat einige Male geklappt. Dann stütze ich mich auf den Ellbogen, drehe mich langsam um. Ich sehe die Schützenkette sich wie in Zeitlupe vorwärts bewegen. Aufstehen! befiehlt eine Stimme. Wo kommt sie her? Ich sehe niemanden. Ich stehe auf. Sturmriemen festzurren! befiehlt sie weiter. Ich zurre den Riemen des Stahlhelms fest. Sturmgewehr durchladen! hör' ich dann.
Ich schaue mich um. Der GMC zuckelt hinter der Kette her. Die Kette immer noch in Zeitlupe, die Soldaten schwärmen schwerelos hüpfend aus. Die Landschaft nicht mehr unscharf wie vorhin: gelbes Hügelgelände, steppenartig nackt mit vertrockneten dornigen Büscheln, von denen sich hie und da einige vom Boden lösen und wie verschrumpelte Bälle ziellos hin- und herrollen. Vom gegenüberliegenden Hügel kommen Panzer langsam gefahren. Sind es T 34, sind es Sherman, sind es Jagdpanther? Ich kann's nicht ausmachen. Aus ihren Rohren blitzt es lautlos, wie in einem Stummfilm. Trockene Hoi-hoi-Rufe verpuffen in der Weite. Ich schaue gebannt dem sonderbaren Geschehen zu.
Worauf warten Sie noch? bellt die Stimme. Ich reagiere nicht. Denn ich weiß, Karl May ist vorn bei den anderen, und diese Stimme kann es also gar nicht geben. Ich lege mein Sturmgewehr auf den Boden, nehme den Stahlhelm ab, lege ihn zum Gewehr, entleere das Magazin, stecke die Kugeln im Kreis in den Boden. Hüpfe auf einem Bein aus dem Kreis und gehe

langsam den Weg zurück, ohne mich nur einmal umzudrehen. Siehst du, es ist dir nichts passiert, sag' ich mir. Ein Wind kommt auf, Sandkörner prasseln auf mein Gesicht. Dann ist wieder Ruhe. Irgendwo, ganz weit, kaum hörbar, schwingt ein tiefer, warmer Cello-Ton. Ich stehe nun am Wasser. Wo ist das Schwimmboot hin, das uns vor Tagen herübergebracht hatte? Wie komm' ich nun hinüber? Ich schaue zurück. Auf der Hügellinie kommen lautlos die Panzer angekrochen. Die unheimliche Stille vor dem Sturm, sag' ich mir. Es muß doch irgendwo ein Boot sein! Ich kann nicht durch diesen Algenbrei hinüberschwimmen! Da hör' ich ein meckerndes Lachen. Bist du es, Schang? Das Boot kenn' ich doch! Ich steige hinter ihm ein. Bist du es, Schang? Er antwortet nicht, nur seine Schultern zucken ein paarmal. Das Ruder schlägt behutsam in den Brei. Dort: meine Insel! Vaters Laube! Und auf der Steinbank sitzen meine Kinder, Hana und Michel. Es geht also doch weiter, sag' ich mir, und klopfe dem Fährmann auf die Schulter. Der dreht sich um. Bist du nicht der Schang? frag' ich ihn. Ja, wer bist du denn? Pierre, Pjotr, Pit, spricht er. Da gehen mir die Augen auf: Rabbuni!

Der Autor von „Tamieh"

Ein Schrei
das ist alles
was dir übrigbleibt
beim letzten Atemzug
wenn du dich am Rhein hinstreckst
und die Vogesen dich
mit rostigem Laub zudecken
ein Schrei
André Weckmann

André Weckmann wurde am 30.11.1924 im elsässischen Steinburg bei Zabern als Sohn eines Dorfwirts geboren. Er besuchte Schulen in Straßburg und Besançon und wurde 1943 zur Wehrmacht zwangseingezogen. Als Soldat kam er zunächst nach Oslo, dann in die Ukraine, wo er im November 1943 schwer verwundet wurde. Nach seiner Genesung desertierte er im September 1944 und hielt sich bis zur Befreiung Ende November in seinem Elternhaus versteckt. Von Dezember 1944 bis Februar 1945 führte er die lokale Kompanie der Französischen Streitkräfte des Innern und leistete in Steinburg Wach- und Patrouillendienst für die 7. US-Armee. Nach Kriegsende studierte er Germanistik in Straßburg. Dort war er zunächst als Kulturreferent an der Préfecture du Bas-Rhin, von 1960-1989 als Deutschlehrer tätig. In diese Zeit fällt auch seine Mitarbeit beim Straßburger Rundfunk, für den er Hörspiele in elsässischer Mundart verfaßte. Die späten 70er Jahre sind gekennzeichnet durch sein ökologisches Engagement, insbesondere im Rahmen eines – erfolgreichen – Bürgerprotests gegen die Bleifabrik von Marckolsheim und das Kernkraftwerk Wyhl. In diesem Zusammenhang gewann auch die von ihm maßgeblich geförderte Wiederbelebung der elsässischen Dialektpoesie eine neue (politische) Dimension. Ebenso bedeutsam ist Weckmanns Einsatz für grenzüberschreitende Kommunikation und eine neue Kultur des Zusammenlebens, die sich nicht zuletzt am Modell einer „alemannischen Internationale" ausrichtete. Im Laufe der 80er Jahre erschienen seine beiden großen Romane, die das Elsaß-Problem im Spiegel einer umfassenden politischen Revue darlegen: *Wie die Würfel fallen* (1985) und *Odile oder das magische Dreieck* (1986). Eine französische Fassung des zuletzt genannten Romans erschien 1988 unter dem Titel *La roue du paon*.

Seine wachsende überregionale Repräsentanz und Prominenz fand ihren Ausdruck in zahlreichen Ehrungen. So erhielt er z.B. den Johann-Peter-Hebel-Preis (1976), in Straßburg den Grand prix Georges Holderith de l'Institut des Arts et Traditions Populaires (1978), den schwedischen Mölle-Literaturpreis (1979), den Jakob-Burckhardt-Preis, Basel (1986), die O. E. Sutter-Gedenkmedaille, Gengenbach (1986), die Carl-Zuckmayer-Medaille, Mainz (1990, zusammen mit Adolf Muschg und Martin Walser), den Friedestrom-

preis (1996), den Badisch-Elsässischen Kulturpreis Rastatt (1998) und den Gustav-Regler-Preis der Stadt Merzig (1999). Seiner Ernennung zum Turmschreiber von Deidesheim (1998) verdanken wir die deutsch-französische Liebesgeschichte „Der Geist aus der Flasche und die Leichtigkeit der Zuversicht".
Weckmanns großes schriftstellerisches Thema ist das Elsaß, das er in zahlreichen literarischen oder publizistischen Gattungen vor uns ausbreitet. Neben den bereits erwähnten Romanen *Wie die Würfel fallen* und *Odile*, denen sich jetzt noch – wenn auch in nur abstrakter Problembehandlung – *Tamieh* hinzugesellt, stehen für die Epik vor allem die Bände *Geschichten aus Soranien* (1977), *Die Fahrt nach Wyhl* (1987) oder *Der Geist aus der Flasche* (1998). Im lyrischen Bereich, den die (seit 2000 im Straßburger Oberlin-Verlag erscheinende) Gesamtausgabe umfassend abdecken soll, nenne ich stellvertretend Gedichtsammlungen in der *Petite Anthologie de la Poésie Alsacienne* (1962-79), darin vor allem *schàng d sunn schint schun làng* (1975), *haxschissdrumerum* (1976), *Fremdi Getter* (1978), *bluddi hand* (1983), *Elsassischi Grammatik* (1989) oder die *Steinburger Balladen* (1997). Im dramatischen Bereich finden sich das 1989 in Bruchsal und Konstanz uraufgeführte *Grenzgespenster. Eine badisch-elsässische Landvermessung*, *Helena – e Trojanischs Resselspeel* (1994) oder die von Gaston Jung bearbeitete *Elsässische Tragödie: Wie weit ists noch bis Prag* (1993). Der Bereich des Hörspiels ist mit gut drei Dutzend Hörbildern aus der Zeit seiner schriftstellerischen Anfänge, der des Films durch das (mit Emma Guntz

verfaßte, leider nicht realisierte) Drehbuch *Das Land Dazwischen. Une saga alsacienne* vertreten. Auch in pragmatischen Textgattungen behandelt Weckmann sein Grundthema. So entwarf er z.B. Lehrbücher für den Unterricht der deutschen Sprache unter spezifisch regionalem Aspekt *(Z wie Zwirbel, Zusammenleben und Im Zwurwelland)*. Große Bedeutung haben nicht zuletzt seine Essays, Artikel, Manifeste oder Programmschriften, in denen er sich für eine deutsch-französische Bilingua-Zone ausspricht und entsprechende Konsequenzen nicht zuletzt für die Schulpolitik beider Länder fordert.

Ist André Weckmann also vor allem ein Regionalautor oder Heimatdichter? Von der Sache her ohne Zweifel, denn dieser Schriftsteller hat sich gewiß in besonderem Maß auf Eigenheiten, Probleme, Denk- und Empfindungsweisen einer Region eingelassen. Auch der starke gefühlsmäßige Bezug zu einer Region, der mir als spezifisches Kennzeichen von Heimatdichtung erscheinen will, läßt sich bei diesem Autor unschwer nachweisen, sei es, daß sein episches Personal seit den *Geschichten aus Soranien* deutliche Vorlieben für einen bestimmten Typus elsässischer Mentalität verraten, sei es, daß ihn sein Festhalten an von Kindheit an vertrauten Worten, Wendungen und Klängen zu einem bedeutenden Dialektpoeten hat werden lassen, sei es, daß sein ökologisches und sprachpolitisches Engagement nur auf der Grundlage eines intensiven Heimatgefühls im tiefsten erfaßt werden kann.

Wenn man bei solchen Klassifikationen dennoch ein wenig zögert, liegt es daran, daß dergleichen Begriffe zumindest bei zahlreichen Vertretern der Nachkriegskritik und -germanistik aus guten wie weniger guten Gründen in Verruf gekommen sind. Regional reimt(e) sich – zuweilen sogar zu Recht – für viele ihrer Verächter schlicht mit trivial, zumal man nicht bedachte, daß sich auch ein Großteil der Weltliteratur durch intensives Lokalkolorit auszeichnet. Und Heimatdichtung, die mit ihren besten Vertretern wie z.B. Theodor Storm oder Alphonse Daudet unangefochten Bestandteil des Lektürekanons ist, verdünnte sich bei zahlreichen Provinzbarden allzu leicht und lange in unbedarfte Heimattümelei oder unkritische Verherrlichung der eigenen Landschaft, von der unseligen Epoche ganz abgesehen, in der sie als Blut- und Boden-Schrifttum fast als Synonym für nationale Überhebung und Abschottung vor Fremdeinflüssen gelten konnte. Eine gewisse Verklärung des einfachen ländlichen Lebens findet sich zwar auch bei Weckmann. Großstädter bevölkern seine halbutopischen Gegenräume allenfalls am Rande. Aber es gibt horizonterweiternde Gegenkräfte in seinem Werk, die es Kritikern erschweren, die gängigen ideologiekritischen Marterwerkzeuge auszupacken. Denn Weckmanns Heimat hat nichts Exklusives, eher etwas Modellhaftes. Sie kann überall sein oder gesucht werden, mündet z.B. in Europa, ohne in dessen bürokratischer Anonymität oder Unübersichtlichkeit aufzugehen. Heimat bleibt für Weckmann immer ein problematischer, wenn auch nie verworfener Begriff oder Wert. Sie stellt sich als Bedürfnis ein, lautet sein Credo, „wo der Mensch gefährdet ist". Die reflexhafte Aufgabe von Heimat als emotionalem

Refugium zahlreicher deutschsprachiger Nachkriegsautoren aus der Kenntnis nazistischer Indienstnahme solcher Gefühlsbindungen ist nicht Weckmanns Sache. Eher vertritt er den Standpunkt, daß einem die konkreten Erfahrungen von Großmachtpolitik und zentralistischen Zielsetzungen ferner Metropolen die Heimat wieder näherbringen können. Heimatlosigkeit – so seine Überzeugung – kann auch zu „Technofaschismus" führen, zu Zerstörung von Umwelt und Vertrautheit, und diese Gegenthese scheint als Replik nicht weniger bedenkenswert als das fast schon gebetsmühlenartig referierte Diktum Fritz Sterns vom Kulturpessimismus als politischer Gefahr.

Der Autor ignoriert also die modische Kritiker-Norm, Heimat nur in schwarzen Varianten zu spiegeln und wie Franz Xaver Kroetz oder Martin Sperr die Provinz vor allem als krankmachende Repressionstopographie vorzustellen. In der Balance von unbestechlicher Analyse und einem am Alltagsmenschen orientierten Bewußtsein von Fehlbarkeiten und Unzulänglichkeiten ähneln Weckmanns Schilderungen eher den Bodensee-Epen Martin Walsers oder Kempowskis Rostock-Erinnerungen.

Bei aller Sympathie für hartnäckige Nonkonformisten und Käuze in Steinburg, Soranien oder Tamieh und manchem Verständnis für unheroisch gewundene Lebensläufe in Ixheim handelt es sich bei Weckmann im Kern fraglos um kritische Regionalliteratur, nicht um süßliche (und zugleich chauvinistisch aufgeheizte) Elsaß-Folklore à la Hansi. Weckmann fühlt sich mit seinen elsässischen Landsleuten bzw. Schicksalsgefährten solidarisch und stellt sich als Autor zuweilen schützend vor sie, wo sie ihm als fremdbestimmt, ökonomisch entmündigt, zwangsassimiliert, von Minderwertigkeitskomplexen beherrscht und gelenkt erscheinen. Der von ihnen schon fast aufgegebene Dialekt dient ihm dabei als Waffe und Sprachrohr für weitgehend „Mundtote", wie dies exemplarisch das scharfzüngige Protestgedicht „Speak white" belegt. Aber er schilt sie auch heftig, wo er ihnen vorwirft, sich gar zu willfährig dem jeweiligen Sieger unterworfen zu haben. Frühe Satiren und Gedichte wie *Die elsässischen Spinnweben des Waedele Alfons, Chinesisch, nummena nelsasser, Ofschlagé* zeugen davon. Wie sein Landsmann Tomi Ungerer kann er dabei ausgesprochen bissig werden. Im Zyklus *Dànz Mäidel dànz* z.B. arbeitet er sogar mit der Prostitutionsmetapher. Engagiert legt er sich mit deutschen Wirtschaftsinteressen ebenso an wie mit jakobinischen Kulturtendenzen einer frankophonen Mehrheit *(Das Lied von den zwei Freiern und der keuschen Jungfrau)*. Zuweilen brechen sich auch pessimistische Zukunftsvisionen Bahn, wie etwa in *Em Johr zwäidöisig un*, die ja mittlerweile schon überprüft werden können, oder zuletzt in *Tamieh:*

„Das sind sie nun geworden, meine Landsleute. In ein paar Jahren wird vom alten Sprachschatz nur noch das Verdammi übrig geblieben sein, so sehr haben sie das perverse Axiom verinnerlicht, das ihnen seit Jahrzehnten von den Schulmeistern und der Bourgeoisie eingepaukt wird: Die Moderne, die Zukunft kann nur einsprachig französisch sein, Zweisprachigkeit sperrt euch in ein nostalgisches Getto ein. Soyez modernes, enfin!

Das Dorf. Eingemottet, einbalsamiert die alte Kultur in den noch nicht vom Antiquar aufgekauften Truhen. Die Wurzeln abgebissen, ausgedörrt. Neues schießt unordentlich aus dem Boden, schiefwüchsig, bastardiert. Es wird wohl ein halbes Jahrhundert brauchen, bis die Rekultivierung geglückt ist. Aber dann wird's ein anderes Land sein.
Sei doch nicht so pessimistisch, würde der alte Schang sagen. Und alles hat seinen Sinn, auch das Unordentliche."

Noch düsterer klingt um 1975 die melancholisch-poetische Bilanz von *Amerseidel:*
„waren wir einst gezogen
mein Sohn
gezogen nach Osten wie es heißt im Lied
behelmt gestiefelt bekoppelt
achtzehnjähriges blasses
Kanonenfutter
und mißtrauisch ging die Parole
durch Stäbe und Gräben:
Traut denen nicht
den Wackes den Schängele –
und wir versuchten uns zu verkrümeln
manchen gelang es manchen nicht und
vierzigtausend krepierten
knallrot der Einschlag dünnrot die Ruhr
und keinem blies die Trompete
und keinem senkte sich 'ne Fahne
war uns auch nicht drum
um Trompeten und Fahnen

war uns nur um eines drum:
'n Amerseidel mal wieder bei Lüi
am Sonntag nach'em Amt.

Sind dann auch heimgezogen wieder
mein Sohn
hundertdreißig- minus vierzigtausend
einbeinig einarmig einäugig
schwarz die Haut und scheu der Blick
der Garbe entronnen der Bombe dem Lager
dem Fleckfieber und den Wanzen
sind heimgezogen die Schängele
geschoren entlaust gezeichnet
zogen nach ihren befreiten Heimstätten
wo die Sieger saßen
und mit den Mädchen schäkerten
wo die Helden saßen die wir bewunderten
und wir schämten uns so sehr
daß wir uns verkrümelten
auf die Felder in die Fabriken
und wir trösteten uns: ach was
haben wir doch wonach wir uns gesehnt:
'nen Amerseidel daheim beim Lüi
am Sonntag nach'em Amt.

Haben dich dann gezeugt
mein Sohn
und uns gesagt: dir sollt' es nimmer so gehn
wie's uns gegangen und den Grossvätern
daß sie übern Rhein kommen die Andern
mit dem Einziehungsbefehl in der Gesäßtasche

*auf marsch marsch nach Osten woll'n wir
ziehn!
nein dir sollt' es nimmer so gehn
daß sie befehlen:
Komm heim ins Reich du Bruder deutscher
Zunge!
und so schnitten wir ab
mein Sohn
was vorher war
Geschichte und Gemüt
Erinnerung und Sprache
und verbrannten den Wisch im Herbst
mit dem abgestandenen Heu.
So
nun kettet dich nichts mehr an die Wackes
die Schängele
nun bist du frei.*

*Haben dich dann verloren
mein Sohn
emanzipierter
fremdgewordener
abhandengekommener
haben euch dann verloren
ihr Söhne
und es bleibt uns nichts mehr von der Heimat
als
'n Amerseidel beim Lüi
am Sonntag nach'em Amt."*

Weckmanns literarische Bestandsaufnahme des Elsaß ist zwangsläufig mit dem Bemühen um „Vergangenheitsbewältigung" verschränkt. Vergangenheit bedeutet in diesem Fall vornehmlich die Jahre des Zweiten Weltkriegs mit ihren mentalitätsmäßig bis heute wirksamen Spätfolgen von Evakuierung, Rassen- und Entwelschungspolitik, Zwangsrekrutierung und sonstigen alltäglichen Repressionen. Weckmanns Darstellungen der zeitgeschichtlichen Wurzeln der Querelles Alsaciennes erfüllen dabei die wichtige Aufgabe, Franzosen im Binnenland über eine mehrheitlich eher unzulänglich wahrgenommene Politproblematik aufzuklären, die zusätzlich mit der Sprachenfrage vermengt ist. Heißt es doch, die Zugehörigkeit des Elsaß und von Teilen Lothringens zum deutschen respektive alemannischen Sprachraum bejahend festzustellen und zugleich darüber zu informieren, daß sich aus einer historischen Sprachbeziehung nicht automatisch politische Integrationsforderungen ableiten lassen. Konkret waren oder sind Pariser Bedenken zu zerstreuen, die Elsässer seien, was ihre Loyalität zu Frankreich betrifft, unsichere Kantonisten und ihr Wunsch nach sprachlicher Vielfalt verrate in Wahrheit pangermanische Umtriebe. Seinen elsässischen Landsleuten riet er dabei, ihren historisch bedingten Minderwertigkeitskomplex abzulegen und zur selbstbestimmten Identität einer Grenzregion zurückzufinden.

Weckmann hat sich dieser Doppelaufgabe mal werbend und argumentativ (*Le cœur français, la langue tantôt française, tantôt allemande*), mal satirisch und sarkastisch unterzogen: so im Roman *Fonse ou l'éducation alsacienne*. Und er hat in Werken wie *Les nuits de Fastov* oder *Wie die Würfel fallen* Innerfranzosen verdeutlicht, daß die Vereinigung von 1940 für die meisten Elsässer unzweifelhaft Zwangscharakter trug. Darin liegt seine nicht zu unterschätzende Bedeutung für die französische politische Bewußtseinsbildung. Inwiefern sich ein heutiger deutscher Leser durch diese Thematik gleichermaßen angesprochen fühlt oder fühlen sollte, steht auf einem anderen Blatt. Leiden wir doch hierzulande seit Jahrzehnten gewiß zu allerletzt an einer literarischen, journalistischen oder audiovisuellen Unterversorgung zum Thema „Drittes Reich", so daß man sich fragen könnte: Jetzt also auch noch das Genre der Malgré-nous-Romane?

Solche Bedenken entfallen, wenn der Autor André Weckmann heißt. Schließlich rechtfertigt sich jedes Thema zunächst einmal allein durch die schriftstellerische Qualität seiner Behandlung, durch die Originalität seiner Umsetzung oder die literarisch verdichtete authentische Wirkung der geschilderten Erlebnisse. Und hier stehen eindringlich erlebte Texte wie z.B. der Erstlingsroman *Les nuits de Fastov* jenseits des Verdachts, eine bloße Betroffenheitskonjunktur zu bedienen, und in Erzählungen wie *Stàffe geh nit uf Shitomir* und *Han'r de blöje Storike gsàhn?* oder Gedichten wie *Kain, D Nâchtîl* oder *Der Vater* ist das Kriegstrauma fraglos zu beeindruckender literarischer Form kondensiert.

Ein pragmatischer Grund kommt hinzu. Sollten wir doch generell mehr über unsere Nachbarn wissen, zeitgeschichtliche Grundinformationen eingeschlossen. Sie wiederum erlauben uns, auch auf gegenwärtige

Empfindungen oder Stimmungen gelassener bzw. klüger zu reagieren. Denn selbst wer der jüngeren Generation in Deutschland nicht die Schuldlasten der älteren aufbürdet, sollte wissen, welche tiefsitzenden Ressentiments sich im anderen Land unter Umständen durch ein unbedachtes Wort oder Verhalten reaktivieren lassen. Die Ahnungslosigkeit mancher Touristen etwa, man käme im Elsaß wie selbstverständlich in ein deutschsprachiges, kultur- und mentalitätsgleiches Land, und die enttäuschten Bitterkeiten, wenn zuweilen unwillige Reaktionen das Gegenteil indizieren, wären bei etwas mehr nachbarlichem Interesse (abseits des üblichen Frankreich-Klischees eines savoir-vivre) vermeidbar gewesen. Bücher wie die von André Weckmann tragen also auch dazu bei, solche überflüssigen Hemmnisse für ein konstruktives Miteinander zu beseitigen.

Ein weiterer Erkenntnisgewinn, nicht zuletzt für deutsche Leser, liegt in einer viel tabufreieren Geschichtsbetrachtung des französischen Autors André Weckmann, der sich nicht ständig genötigt sieht, seine ideologische oder politisch-moralische Unbedenklichkeit zu belegen. Als kritischer Beobachter lehrt uns dieser Schriftsteller, daß selbst der berechtigte Haß auf nazistischen Ungeist den Blick nicht trüben darf für erklärende Zusammenhänge oder gegenwärtige pseudomoralische Interessenvertretungen, die sich des antifaschistischen Abscheus bedienen. Schon früh attackierte er z.B. die wohlfeile Masche, antigermanische Affekte aus Weltkriegstagen auszubeuten. So heißt es etwa in einem Gedicht mit dem Titel *Télé*, es träume sich so schön bei entsprechenden

Filmen und *gratis dezüe gebts allewil e boche zum ufhanke*. Weckmann bereichert die literarische Vergangenheitsbewältigung durch jenen meist übergangenen Problemkomplex der antifaschistischen Instrumentalisierung. Man kann schließlich das schlechte Gewissen von Schuldigen oder Eingeschüchterten recht einträglich ausnutzen, wie eine Episode aus dem Roman *Wie die Würfel fallen* beispielhaft illustriert. Der Bürgermeister von Ixheim ist von Geschehnissen der 40er Jahre her erpreßbar und von daher ein willfähriges Werkzeug aktueller politisch-ökonomischer Interessen.

Bei aller Traumatisierung durch die Schrecken der Jahre 1940-1945: Weckmanns Werk kennzeichnet jene Fixiertheit auf Vergangenheit um ihrer selbst willen gerade nicht. Vielmehr sieht er darin einen Schlüssel zur Lösung gegenwärtiger Probleme. Im Ensemble seiner Schriften erfaßt er das Gesetzmäßige damaligen Fehlverhaltens und die Unheilsspirale früherer Schuld. Insofern geht es ihm nicht um ein wohlfeiles literarisches Horrorkabinett von Untaten und politischer Unvernunft, sondern um die praktische Nutzanwendung aus solcher historischer Erblast. Ein Beispiel unter vielen, abermals aus *Wie die Würfel fallen*, veranschaulicht dies:

„1918. Ja, das war was! Zuerst rissen wir die Wilhelmseiche raus und pflanzten eine Freiheitslinde. Dann verkleidete sich der Meyer als Wilhelm Zwo und Wolffer als Kaiserin, wir bastelten einen Affenkäfig, stelltten ihn auf einen Pritschenwagen, steckten die Majestäten hinein und führten sie mit Musik und Tralala durchs Dorf. [...]

Nach der Befreiung kam die Säuberung: hinaus mit den Preußen! Der Postmeister ging freiwillig, den Einnehmer mußten wir aus dem Dorf jagen, er wollte partout nicht weg. Der Bahnhofsvorsteher bestieg mit seiner weinenden Familie seinen letzten Zug. Mir zerbrach das Herz: ich hatte mich unsterblich in die Hedwig verliebt. Warum mußte sie jetzt weg? Sie war doch in Ixe aufgewachsen, mit uns zur Schule gegangen, mit uns zur ersten Kommunion und sprach elsässisch wie wir ... Der Schuldirektor, der eine Zettheimerin geheiratet hatte, hätte bleiben dürfen, aber der neue Ixemer Gemeinderat war noch unbarmherziger als die staatliche Aussortierungskommission und bestimmte: Kein Deutscher mehr in Ixe! Ja, so war es, im ganzen Elsaß war es so, alle Deutschen, Halbdeutschen und Deutschgesinnten wurden des Landes verwiesen, unter Schmährufen aus den Dörfern und Städten gejagt, wie Verbrecher über die Rheinbrücke geschafft. Wir waren jetzt französisch, verdammi! Da fällt mir der alte Lévi ein, Isaacs Babbe. Der stand vor seinem Krämerladen, schüttelte den Kopf und sagte: Jetzt verjagen sie die Deutschen, wann werden sie die Juden verjagen? Ja, das hat er gesagt, der alte Samuel, ich hab's gehört."

Volksdidaktische Beckmesser mögen einwenden, dergleichen Geschehnisse zu verknüpfen, sei problematisch, berge vielleicht sogar ungewollt Entschuldigungseffekte. Einen wirklichen Aufklärer und unabhängigen Schriftsteller kümmern solche Dogmen der political correctness nicht. Er spürt, daß hier innere psychologische Zusammenhänge vorliegen, wo man einmal angefangen hat, in diskriminierenden ethnischen Kategorien zu denken, und daß man mit voraussetzungsloser Singularisierung von Verbrechen, denen Märtyrerlegenden und heroischer Erinnerungskult gegenübergestellt werden, nicht weiterkommt. Er scheut – wie *Tamieh* nachdrücklich belegt – auch keine mentalitätsmäßige Parallele zu den Entkolonialisierungskriegen in Algerien und Indochina. Noch plagen ihn Berührungsängste, wenn er – ungeachtet offiziöser historiographischer Schuldsprüche und Nationenklischees – aus dem Bauch heraus für sich entschied:

„*Ich habe immer wieder gesagt: Il n'y a pas eu que les Alsaciens comme ‚malgré-nous', des milliers d'Allemands le furent aussi. Diese Einsicht hat mich später motiviert, mich für eine deutsch-französische Freundschaft einzusetzen.*"

Dieses Fazit war elementar für Weckmanns schriftstellerische Laufbahn. Nicht verstärktes Mißtrauen folgerte er aus der deutsch-französischen Blutgeschichte eines knappen Jahrhunderts, sondern im Gegenteil verstärkte Zusammenarbeit. Seine mutige Konsequenz lautet Europa, seine politische Elsaß-Utopie besitzt die Gestalt einer kulturellen Brücke, keiner Demarkationslinie. Er glaubt an Worte als Basis menschlicher Annäherung und Verständigung, wie ein Gespräch des Autors mit Peter André Bloch im Jahre 1996 bestätigt:

„*1938 war ich Zögling eines Straßburger Internats. An einem schulfreien Tag wurden wir zum Spaziergang an den Rhein geführt. Auf der anderen Seite hatte die Hitlerjugend Dienst. Die HJ rief ihre markigen Nazisprüche zu uns herüber, wir brüllten ‚sales boches' zurück. Hätten wir uns privat getroffen, hätten wir in Alemannisch* miteinander g'schwätzt, in unserer gemeinsamen Umgangssprache. Hier aber, an der mit Bunkern bestückten Grenze, hieß es für uns: dort ist Deutschland, Feindesland, für sie drüben: dort ist Frankreich, ebenso Feindesland. Und zwischen uns der Haß. Ich habe dann nach dem Krieg erlebt, wie in Kehl der Stacheldraht durch die Stadt gezogen wurde. Da muß man sich doch als vernünftiger Mensch einfach sagen: Die Grenzen müssen weg. Sie können zwar als Markierungen da bleiben, damit ich weiß: hier hört etwas auf, und hier fängt etwas an – wie bei zwei Nachbarsgärten, die durch eine niedrige Hecke voneinander abgetrennt sind, welche das Zusammenkommen und das Miteinandersprechen nicht verhindert.

Wenn wir bedenken, wie sehr sich alles in Mitteleuropa und der GUS wieder verhärtet, die Nationalitäten sich ab- und eingrenzend stärker betonen, ethnische Konflikte immer wieder ausbrechen, Beispiel Jugoslawien, da müssten wir doch vernünftigerweise vorschlagen, dass man sogenannte Zwischengebiete, Zwischenzonen schafft, die – unter Beibehaltung der geopolitischen Gegebenheiten – auf kultureller, zweisprachiger Ebene beidseits der politischen oder Sprachgrenzen bewußt die Übergänge zu vermenschlichen versuchen."

Aus solcher Einsicht erwuchs ein intensives Europa-Engagement, das 1991 mit dem programmatischen Vorschlag einer Bilingua-Zone längs der deutsch-französischen Grenze gekrönt wurde. Mit seinen detaillierten Vorschlägen wurde der Schriftsteller ganz zum Kulturpolitiker, der sich in bester Literaturtradition des „geistigen Elsässertums" seiner großen brückenbauenden Vorgänger René Schickele, Otto Flake, Ernst Stadler, Yvan Goll, Hans Arp, Jean Schlumberger, Salomon Grumbach oder Hermann Wendel würdig erwies. Zug um Zug erarbeitete er das Konzept einer verbesserten „Kultur des Zusammenlebens", wie der Titel einer wichtigen Schrift von 1992 lautet, sei es, daß er 1991 in einem gemeinsamen Manifest mit Adrien Finck und Conrad Winter die Idee einer „Konvivialität am Rhein" beschwor, sei es, daß er in Gesprächen und offenen Briefen an die Landesregierungen der angrenzenden Gebiete wechselseitigen Fremdsprachenunterricht anmahnte, sei es, daß er sich in Interviews und Publikationen als streitbarer Kolumnist erwies und sich mit Ironie und Esprit ständiger Nadelstiche Ewiggestriger nicht zuletzt aus den Reihen zentralistisch gesinnter Landsleute erwehrte.

Kommen wir zurück zu Weckmanns genuin literarischen Meriten bzw. der Frage nach den ästhetischen Besonderheiten seines Werks. Zunächst einmal charakterisiert den Autor eine breite Palette literarischer Techniken und Stimmungslagen. Scharfe Kritik und knallharter Realismus finden sich zuweilen in unmittelbarer Verbindung zu Appellen und Szenerien der Hoffnung. Sarkastische Satire in der Tradition des Sebastian Brant wechselt sich ab mit versöhnlichem Humor oder gar Neigungen zu Idylle und Utopie. Weckmann kann knapp formulieren, Dinge auf den Punkt bringen, auch mal bewußt vereinfachen im Sinne von Agitprop oder literarischen Holzschnitten. Man merkt frühere Einflüsse aus dem Kabarett oder Anregungen aus der US-Song-Kultur, als er „wissi" Dialekt-

Spirituals schreiben wollte. Auch einfache Geschichten, zuweilen aus Legenden- und Märchenstoffen, Volksliedern oder Traumsequenzen gespeist, werden genutzt oder ironisch umgeformt. Der Autor liebt starke anschauliche Bilder ohne Hang zu esoterischer Chiffrierung. Er verwendet weithin aufgegebene Sprachformen und scheut – wie manche Mutter-Bilder und religiöse Szenarien belegen – auch nicht vor Metaphern und Symbolen zurück, die unter Modernisten fast schon als unzeitgemäß verschrien sind.

Allen denkbaren Zweifeln aus avantgardistischer Warte enthoben sind wiederum Weckmanns literarische Kompositionsverfahren, darunter effektvolle Montagetechniken, durch die unterschiedliche Zeit-, Handlungs- und Realitätsebenen miteinander verknüpft werden, zuweilen auch mehrere Sprachen wie etwa in seinen lyrischen Triphonien. Die großen Romane bevorzugen eine Art epischer Polyphonie sich wechselseitig bedingender, ergänzender oder relativierender Perspektiven. Als weitere Spielart origineller Erzählkunst erweist sich in *Tamieh* z.B. der dialektische Rollentausch zwischen recherchierendem Erzähler und seinem Befragten. Zugleich enthüllt sich im Fortgang der Handlung Erinnerung als äußerst problematischer Akt, der kein simples episches „So war es" zuläßt. Zu einem „undurchdringlichen Klumpen", heißt es, habe sich das Erlebte „verdichtet, dann sich wieder stellenweise zerfasert, ist konsistenzlos geworden" und weiter: „Hab ich noch Beziehungspunkte zu diesem damaligen Ich?" In *Odile* wiederum fungiert der Erzähler als selbstironisches Sprachrohr des Verfassers, wobei die

spezifischen Erwartungen, Voraussetzungen und Kalamitäten regionaler Belletristik reflektiert werden:
„Ein elsässischer Autor ist auf der Suche nach einem neuen Stoff. Man hat ihm angeraten, sich diesmal nach einem Problem umzusehen, das nichts mit der elsässischen Thematik zu tun habe. Auch von Kriegserlebnissen, Liebesverwirrspielen, Selbstdarstellungen und anderen ewigen Romanthemen bat man ihn abzusehen. Protokolle seien heutzutage Mode, sagte man ihm. Aufzeichnung von Banalem, die durch die hintergründige Bearbeitung entlarvend wirken solle. So sehe man heute die Literatur: Alltagsgeschwätz geschickt aufgelistet, Langeweile und Leere ineinander verschachtelt, an der Grenze der Verständnisfähigkeit des Lesers, der Kode im letzten Hinterhof unter der Mülltonne versteckt. Nur das interessiere die Insider, es sei denn, sie besännen sich nun plötzlich wieder auf Vordergründiges, der Hinterfragerei müde. Aber jähe Geschmacksänderungen seien schwer zu prognostizieren, und solange die oben beschriebene Masche laufe, solle man sich möglichst daran halten, besonders als Elsässer, dem man ohnehin immer unterstelle, er könne nur Kopien von Altem herstellen oder, was noch boshafter sei, er sei nur als Übersetzung seiner selbst zu genießen. Der Autor kann aber nicht aus seiner elsässischen Haut schlüpfen, es ist die einzige, die ihm paßt, die anderen, die er zur Verfügung hat, sind ihm zu eng, zu einengend. Er behauptet, seine Welt sei die Welt, ein vollständiges Gewebe von Lebenslust und Überlebenskunst, von Tragik und Unbewußtsein, von Eruptionen und Flautezeiten, von Beklemmung und Illusionen. Das Erschütternde dabei ist, daß die end-

lose elsässische Spule sich ganz ohne von der Außenwelt wahrnehmbare dramatische Höhepunkte abwickelt.
Dein Stoff interessiert keinen Filmemacher. Es fehlen uns die Dschungeln, die Land- und Stadtdschungeln. Wir haben nur touristikkonforme Vergangenheit, emotionslose Neuzeit und Reben, Weizen, Tannen und Kohlköpfe. Es fehlen uns auch die Helden, die unglücklichen. Wir haben nur fette Spießer, verschaffte Kleinbürger, zahme Außenseiter. Und diejenigen, die sich als Helden aufspielen, sind nur armselige Kopien.
Also doch Kopien. Also doch Banales. Schreiben Sie etwas über diese Kopien, das könnte interessant werden, das wäre eine Marktlücke, mein Lieber. Nehmen Sie das Protokoll der mentalen Armseligkeit auf, der totalen Verzagtheit, des schemenhaften Danebenlebens usw.
Der Autor streift durch die Vorstadtbeizen: das schale Sichbetrinken, das öde Zerreden des Lebens. Alles schon irgendwo gelesen, Herr Verleger, das reizt mich nicht. Auch das Nicht-Elsaß im Elsaß ist eines Romans nicht wert.
Dann plötzlich dieser Anruf: ‚Seien Sie heute abend im Roten Affen. Verlangen Sie Ittel.'
Dort lernte ich sie kennen. ‚Sie sind ein Elsaß-Autor', sagten sie mir, ‚Sie geben sich Mühe mit unserer Thematik, das muß man Ihnen lassen. Aber erfaßt haben Sie die Sache nicht. Denn unser Milieu haben Sie immer gemieden. Warum das? Sind wir Autonomisten Pestkranke? Haben Sie Angst, mit dem Terminus Autonomismus bei Ihren elsaß-französischen Freunden schlecht anzukommen?'
Was sollte ich antworten ... Im Hinterzimmer der Bei-

ze stank es nach Hasch. Vorn in der Wirtsstube lärmten die Stammgäste, ein Gemisch von Portugiesen, Algeriern und Türken. Eben wurde ein Vietnamese an die Luft befördert. ‚So geht's uns mal', sagte Ittel, ‚zuerst boatpeople auf dem Rhein abwärts, dann versuch's doch mal, als Heimatloser irgendwo Fuß zu fassen.'
Die sind verrückt, dachte ich mir. Hättest du nicht hier nun endlich doch dein Thema gefunden? [...]
Und so ist der Autor, nolens volens, in diese verrückte Geschichte hineingeraten, deren Regie er nun zu übernehmen hatte."

Auch Gattungsgrenzen überspringt Weckmann häufig. Die monologische Form der frühen Gedichte geht schon bald ins Dialogische über. Manche der Balladen oder Rollengedichte lesen sich auch als Erzähltexte. Lyrisches, Episches, Dramatisches und Essayistisches mischen sich in einer grundsätzlichen Neigung zum Experiment. *Simon Herzog* z.B., Weckmanns satirische Elsaß-Parabel in mexikanischem Kostüm, gibt sich dokumentarisch. Die *fragments de substance*, wie der Untertitel lautet, setzen sich aus fiktionalen Briefen, Kommentaren oder Presseausschnitten zusammen, die sogar graphisch durch Rahmen hervorgehoben werden. In Romanen wie *Tamieh* erinnern manche Episoden an Filmszenen, verknüpft in raffinierten Assoziationsketten.

Charakteristisch sind auch einfallsreiche Handlungsentwürfe, die eine weitgehend einheitliche Grundthematik stets neuartig variieren. In *Wie die Würfel fallen* mutiert eine dörfliche Stammtischrunde zur Geschichtswerkstatt und leistet detektivisch Erinnerungs-

arbeit, die sogar gegenwärtige politische Wirkung entfaltet. Hier werden Erzählmuster des Krimis geschickt mit demjenigen des zeitgeschichtlichen Gesellschaftsromans kombiniert. In *Odile* wiederum entführt die gleichnamige ‚gute Hexe' im Verein mit einigen Regionalrebellen den Staatspräsidenten, um ihm vor Ort mehr Elsaß-Bewußtsein zu vermitteln. Gegenseitige erotische Anziehung gefährdet jedoch zunehmend die politische Mission – ganz im Sinne des Autors –, der hierdurch eine nichtmilitante Romanalternative zu regionalen Terrorismuserscheinungen anbietet.
Tamieh wiederum erzählt aus der Sicht eines alten Mannes die Geschichte eines verlorenen Sohns, dem bei der Rückkehr aus einer gehaßten Soldatenexistenz kein Kalb geschlachtet wurde. Diese rastlose weltweite Suche nach dem Sinn und der Ruhe in einem Leben, das ihm zu entgleiten droht, führt ihn von der Ukraine über Großbritannien und Skandinavien bis nach Israel. Der Autor verschachtelt dabei nicht nur zahlreiche Schauplätze und Handlungen ineinander, er spaltet auch die Zentralfigur (Pierre, Peter, Pit und Pjotr) in vielfacher Weise auf und setzt sie wieder zusammen, diskutiert durch seinen Helden mit Gott oder verschiedenen seiner irdischen Repräsentanten der Hoffnung – all dies aus der Sehnsucht nach einem Ort der (metaphysischen) Geborgenheit. Dafür steht der Begriff „Heimat", allerdings anagrammatisch verfremdet, was nicht ohne Bedeutung ist. Auch unterbleibt die früher so häufige konkrete Lokalisierung im Elsaß. Das Wort kommt im Roman nicht einmal vor, wie Weckmann selbst nachdrücklich angemerkt hat:

„*Wollte ich durch die Auslassung der Herkunftsbezeichnung das Werk vor einer Einstufung in regionalistisches Schrifttum bewahren? Oder entspricht es auch dem Werdegang des Romanhelden, der sich immer wieder von der ‚Heimat' loszulösen versucht, von ihr aber immer wieder eingefangen wird? Doch was ist ‚Heimat'? Fremd gewordene Heimat oder angeheimatete Fremde? Deshalb schafft sich der Autor etwas Eigenes, das er TAMIEH nennt, eine Heimat im Irgendwo-Nirgendwo. Augenblicke oder Tage des Sich-Wohlfühlens. TAMIEH, das Land der Verheißung, findet er endlich in der Liebe auch über den Tod hinaus.*
Es ist also zugleich Identitätssuche, Rechenschaftgeben, Einstehen für sich selbst und besonders Suche nach dieser eigentlichen Heimat, auf Grenzgängen, die zum Ursprung zurückführen sollten, zur Freiheit des Nomaden, ‚ein nicht enden wollendes Rudern durch einen grünen Algenbrei.'"

Zu drei Vierteln herrscht in diesem Roman eine rauhe Luft veristischer Erinnerung. Harte, episodische verdichtete Psychologie. Realismus pur, aufgefangen und erträglich gehalten durch gelegentliche Hoffnungsfunken. Die drastisch-schnoddrigen Skizzen oder Momentaufnahmen aus der subjektiven wie repräsentativen Sicht einer „lost generation" überzeugen, auch gelegentliche Roheiten in der Darstellung, die vor allem der psychologischen Präzision geschuldet sind. Dies gilt etwa für die Kriegs- bzw. SS-Episoden einschließlich der Typisierung des ewigen Soldaten.

Im letzten Viertel des Romans scheint sich der Horizont etwas aufzuhellen. Mit der grünen Inselidylle inmitten bedrohter Flora und Fauna, mit dem Kibbuz als Ort, dessen schöpferische Atmosphäre einen zivilisationsgeschädigten jungen Elsässer therapieren soll, und vor allem mit der reizvollen Liv und der Reise nach Israel klingen Lösungs- und Erlösungsvorstellungen an, die sich an ökologischen wie femininen Wunschträumen orientieren. Die Liebe – so scheint es weithin auch bei Weckmann – besiegt alle Widerstände, alles Zwanghafte, alle Schimären der Vergangenheit. Immerhin müssen die Hoffnungen bereits auf die jüngere Generation delegiert werden, die den Anbruch einer wahrhaft neuen Zeit dann realisieren soll. Liv erlebt sie nicht mehr. Der Erzähler erschaut sie allenfalls traumhaft wie Moses vom Berge aus.

Die heutige politische Entwicklung scheint das „Gelobte Land" noch weniger zum Ausgangs- oder Inspirationsort friedlicher oder unentfremdeter Erwartungen zu prädestinieren. Aber vielleicht geht es dem Autor gerade darum angesichts mancher trostloser Entwicklung, wenigstens den literarischen Träumen eine Chance zu geben. „Die Welt ist schrecklich und sinnlos", schrieb einst Friedrich Dürrenmatt in seiner Prosakomödie *Grieche sucht Griechin*. Und er fügte hinzu als zumindest in dieser Denkfigur mit Weckmann wesensverwandter Schriftstellerkollege: „Die Hoffnung, ein Sinn sei hinter all dem Unsinn, hinter all diesen Schrecken, vermögen nur jene zu bewahren, die dennoch lieben."

Günter Scholdt

Inhalt

Die Lichtung	13
1944	20
Netherheadon	38
Inari	52
Midnattssol	63
1954	77
Lucy	94
Der Engel des Herrn	102
Schang	114
Liv	129
Das Dorf	143
Gift	156
Liv II	169
Iris	179
Gorvion	186
Nachwort	195

Die Buchgestaltung erfolgte unter Verwendung der Fotos „18.4.1943: Zwei elsässische Zwangseingezogene nach der Abfahrt von Straßburg" von Louis Dick (Cover) und „Bei Poltawa, Ukraine" von Charles Fuchs (Vorspann), die dem Buch *Avant l'oubli – Regards sur l'histoire de l'incorporation de force des Alsaciens dans l'armée allemande au cours de la deuxième guerre mondiale*, erschienen in den bf Editions Strasbourg 1988, mit freundlicher Genehmigung des Verlegers Armand Peter, entnommen sind.

Auslieferung in Frankreich:
S.A.L.D.E. – Société Alsacienne et Lorraine
de Diffusion et d'Edition
5, Boulevard de la Victoire – 67000 Strasbourg
Tél. (33) 03 88 36 48 30 – Fax (33) 03 88 36 35 15
E-Mail: bilinguisme.alsace@libertysurf.fr

Impressum

1 2 3 4 5   06 05 04 03

ISBN 3-935731-05-1
Alle Rechte vorbehalten
© 2003 Gollenstein Verlag, Blieskastel

Buchgestaltung Karin Jurack
Satz Alexander Detambel
Schrift Gareth & Clarendon
Papier Alster Werkdruck 90 g
Druck Gulde-Druck, Tübingen
Bindung Buchbinderei Spinner, Ottersweier
Printed in Germany

Verlag und Autor danken der Union Stiftung
für die Förderung des Drucks

In der Reihe *Literatur grenzenlos* liegt außerdem vor:

Norbert Jacques
Leidenschaft
Ein Schillerroman
Herausgegeben und mit einem Nachwort von Günter Scholdt
Mit Zeichnungen von Sibylle Fuchs
462 Seiten, ISBN 3-933389-48-8

Norbert Jacques' Roman *Leidenschaft* behandelt in fesselnden authentischen Szenen die Jugendjahre Friedrich Schillers. Dem Werk gebühre das „wahrlich nicht geringe Verdienst", schrieb seinerzeit der Literaturforscher Hermann Missenharter, „den Karlsschüler, Regimentsmedicus, Räuber- und Lauradichter uns endlich einmal menschlich nahegebracht zu haben. Was die deutsche Jugend während eines ganzen Jahrhunderts über den jungen Schiller erfuhr, war das fad und süßlich idealisierte Bild eines Musterknaben, der vielleicht den *Wilhelm Tell*, niemals aber *Die Räuber* hätte schreiben können."
In der Gestalt des jungen Schiller, der von dem Glanz einer strahlenden Führerpersönlichkeit ebenso fasziniert wird wie ihn deren Machtanmaßungen abstoßen, entwarf Norbert Jacques, der Autor der berühmten *Dr. Mabuse*-Romane, auch ein auf das Dritte Reich beziehbares Psychogramm der Epoche.